O PRIMEIRO DIA
DE INVERNO

O primeiro dia de inverno
© Marcia Kupstas, 2015

Diretoria de conteúdo e inovação pedagógica Mário Ghio Júnior
Diretoria editorial Lidiane Vivaldini Olo
Gerência editorial Paulo Nascimento Verano
Edição Fabiane Zorn

Arte
Ricardo de Gan Braga (superv.), Soraia Pauli Scarpa (coord.) e Thatiana Kalaes (assist.)
Projeto gráfico Elisa von Randow
Lettering Amanda Grazini

Revisão
Hélia de Jesus Gonsaga (ger.), Rosângela Muricy (coord.), Gabriela Macedo de Andrade e Brenda Morais (estag.)

Iconografia
Sílvio Kligin (superv.), Cesar Wolf e Fernanda Crevin (tratamento de imagem)
Crédito das imagens p. 90 e 91: acervo pessoal; demais fotos: Renato Parada

CIP-BRASIL. CATALOGAÇÃO NA FONTE
SINDICATO NACIONAL DOS EDITORES DE LIVROS, RJ

K98p

Kupstas, Marcia, 1957-
 O primeiro dia de inverno / Marcia Kupstas; ilustração Amanda Grazini. - 1. ed. - São Paulo : Ática, 2015.
 96 p.: il. (Marcia Kupstas)

 Apêndice
 Inclui bibliografia
 ISBN 978-85-08-17298-6

 1. Amizade - Ficção infantojuvenil. 2. Ficção infantojuvenil brasileira. I. Grazini, Amanda. II. Título. III. Série.

15-22137   CDD: 028.5
                                                           CDU: 087.5

Código da obra CL 738781
CAE 545501

2021
1ª edição
6ª impressão
Impressão e acabamento: A.R. Fernandez

editora ática
Direitos desta edição cedidos à Editora Ática S.A.
Avenida das Nações Unidas, 7221
Pinheiros – São Paulo – SP – CEP 05425-902
Atendimento ao cliente: (0xx11) 4003-3061 – atendimento@aticascipione.com.br
www.aticascipione.com.br

IMPORTANTE: Ao comprar um livro, você remunera e reconhece o trabalho do autor e o de muitos outros profissionais envolvidos na produção editorial e na comercialização das obras: editores, revisores, diagramadores, ilustradores, gráficos, divulgadores, distribuidores, livreiros, entre outros. Ajude-nos a combater a cópia ilegal! Ela gera desemprego, prejudica a difusão da cultura e encarece os livros que você compra.

MARCIA KUPSTAS

O PRIMEIRO DIA DE INVERNO

Ilustrações de Amanda Grazini

editora ática

Desde criança eu queria ser escritora. A consciência desse desejo veio muito cedo e, para minha surpresa, não era comum nas outras pessoas. Pouca gente sabia (ou sabe!) o que quer "ser quando crescer". Quando escrevi *O primeiro dia de inverno*, resolvi colocar em Jurandir essa vocação precoce de ser piloto de aviões.

A autodescoberta o fascina. Mas o que descobre a seguir não é um sentimento positivo nem o deixa orgulhoso. Amargamente, Jurandir constata em si o feio sentimento da inveja, quando Cleiton, novato na classe, divide as atenções de colegas e professores e "rouba" um papel que sempre foi dele.

Quando surge a oportunidade, Jurandir resolve se vingar. É o seu "primeiro dia de inverno", uma metáfora da descoberta dos piores impulsos. Resta a questão: ele vai mesmo concretizar a vingança mesquinha?

Nessa história, porém, quis investir na esperança. Se Jurandir vai ou não se tornar amigo do Cleiton, isto não importa. Acredito firmemente que as pessoas podem mudar, ao enfrentarem seus preconceitos e temores.

Esta é a grande lição de *O primeiro dia de inverno*: a autodescoberta e a convivência respeitosa entre pessoas que podem ser bem diferentes.

Um abraço,
Marcia Kupstas

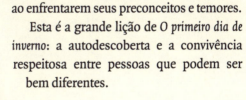

SUMÁRIO

1. A descoberta — 9

2. Como a internet chegou no Zebedão — 16

3. Primeiras navegações — 25

4. Rivais — 30

5. Conhecer o inimigo — 39

6. Churrasco — 46

7. Outras navegações — 55

8. A visita — 60

9. Cobras e lagartos — 70

10. Visita noturna — 75

11. Inverno fora de hora — 80

Os sonhos de Marcia Kupstas — 89

1. A DESCOBERTA

QUANDO JURANDIR TINHA ACABADO de fazer 11 anos, descobriu duas coisas muito importantes sobre si mesmo: seu grande amor na vida e um *outro* sentimento... que por muito tempo não conseguiu nomear nem entender.

As duas descobertas aconteceram na primeira semana de aula. Não envolveram garotas — embora elas povoassem suas ideias e despertassem sua curiosidade. Nem foram totalmente ligadas à escola, ou ao fato de ele ter terminado o quinto ano — gostava sim de estudar, mas novas matérias não faziam parte do desafio de ser bom aluno? Nem foram sentimentos ligados aos amigos — que ele fazia em qualquer lugar, bom de papo que era. Nem foi coisa envolvendo futebol, filmes, empinar pipa com o pai ou jogar cartas com o irmão. Gostava de tudo isso, claro...

Mas *paixão* é outra coisa.

Jurandir estava no sexto ano, numa classe em que a maioria dos colegas se conhecia desde o primeiro. Mesmo assim estavam convidados a participar da Semana-Gincana, que era como a escola recebia alunos novos, promovendo uma primeira semana de aula, sem aula. O uso de uniforme não era obrigatório e os alunos podiam trazer jogos, etc.

No primeiro dia, todos os professores foram apresentados às turmas, e Bernardete, a professora de Português, foi indicada a "anfitriã" do sexto C. Ela passaria a semana com eles, antes do calendário regularizar-se, na semana seguinte, com aulas de 45 minutos para cada matéria.

Bernardete era morena e muito jovem. Quando sorria, formavam-se covinhas nas bochechas, e ela ria constantemente. Deu boas-vindas aos assustados três alunos novos e aos 29 antigos e explicou o que planejara para o dia seguinte: além da liberação do uniforme e do passe livre para a descontração, ela pediu que seus alunos trouxessem também objetos e coisas sobre a profissão que eles gostariam de ter no futuro. Ela os convidou a exibir seus planos, seus desejos — e combinou que eles os dividiriam com os colegas...

Terça-feira, já na chegada, a surpresa foi ver todo mundo com roupa comum, as mochilas estufadas de brinquedos e caixas, uma algazarra de vozes e cores. O coração de muitos meninos bateu mais forte quando Anita apareceu de minissaia e batom, o longo cabelo negro mais brilhante que nos dias comuns. Muitos garotos usavam bonés de times de futebol ou tênis incrementados. E quando Bernardete apareceu, cabelos úmidos esticados num rabo de cavalo, e sorriu para todos, muitos deles acreditaram que seria fácil, bem fácil, apaixonar-se por uma professora como ela...

Bernardete circulou pelas carteiras, acompanhou o jogo de memória que Betinha fazia com suas amigas, torceu pelo Chico no jogo de bafo — chegou mesmo a participar, ganhando três figurinhas do Pedroca —, viu as revistas em quadrinhos e elogiou as canetas enfeitadas, os acessórios de beleza... Depois de uma hora mais ou menos, pediu silêncio e perguntou sobre o futuro.

Sobre as coisas que eles haviam trazido, sobre o que eles pretendiam ser. Falou sorridente sobre a importância dos sonhos, de "ser livre e voar".

Parece, porém, que seus alunos pouco entendiam de asas. Jogos, brincadeiras, roupas diferentes... isso sim os animava, e disso eles entendiam. Mas o futuro?... *Como assim, futuro?*

Devagar, Anita falou do desejo de ser "ou cantora ou bailarina ou professora". Pedroca contou sobre a profissão do pai dele, sobre o que fazia um mecânico de automóveis (quem sabe ele ajudaria o pai na oficina quando fosse maior?). E só. O resto da turma pareceu embaraçado, em silêncio. Um olhando pra cara do outro...

Foi quando Jurandir levantou o braço, pedindo a vez de falar. E falou. Abriu a mochila e mostrou o que havia trazido: livros e livros sobre aviação civil e militar, aviões de espionagem e caças da Segunda Guerra Mundial. Além disso, também tinha aeromodelos que ele havia montado sozinho, cards de aviões a jato e até revistas de companhias aéreas... Disse que queria ser piloto e explicou direitinho a diferença entre aviação comercial e militar. Mostrou fotos de um jato que superava a barreira do som — e teve também que explicar o que era *barreira do som* (isso nem Bernardete sabia direito, mas prometeu que ia pedir ajuda ao professor de Ciências, o Mário, pra entender.)

Aos poucos, a carteira do Jurandir foi sendo rodeada pelos alunos. Todos, e não apenas a professora, faziam perguntas interessadas: os cards dele eram revirados, os aeromodelos "voavam" nas mãos dos meninos, surgiam comentários de todo lado...

Foi nesse momento, cercado por olhos espantados, dando respostas fáceis e captando a admiração alheia, que Jurandir percebeu como os colegas sabiam pouco de seu próprio futuro — tão ao contrário dele e de sua certeza! O garoto percebeu sim, mais do que nunca, a sua paixão. Se era uma questão de pensar no futuro e sonhar com ele, Jurandir teve absoluta certeza de que aviões fariam parte desse futuro. Ele descobriu, ou melhor, ele se *conscientizou* da importância de um ideal, uma vontade. Era um sentimento bom, quase adulto, e o menino de 11 anos gostou muito dessa descoberta. Resolveu que faria qualquer coisa para realizar o sonho e se dedicar a ele...

Quando Bernardete retornou a sua mesa e muitos colegas também se sentaram, a professora perguntou se mais alguém tinha trazido coisas pra mostrar. Novo silêncio. Jurandir sorriu para si mesmo, guardando os cards e encerrando os aeromodelos na caixa, quando ouviu a voz da professora:

— Você, Cleiton? Trouxe alguma coisa? Claro, pode mostrar!

O aluno novo. *O negro*, pensou Jurandir. O terceiro dentre os novos alunos, um daqueles que parecia tão quieto no primeiro dia de aula. E não é que ele estava assim "saidinho" já no segundo dia?

Cleiton tirou da mochila dois volumes da *Enciclopédia dos bichos*, com uma capa vermelha. As páginas estavam marcadas com tiras de papel.

— Eu trouxe esses livros que meu avô me deu.

Desmarcou uma das páginas, exibindo a foto de alguns animais, no capítulo "Répteis — Introdução". Todos viram desenhos de uma jiboia, de um iguana, de uma tartaruga-verde. O livro cheirava a mofo, mas Cleiton não parecia se importar. Apontava com carinho os desenhos, falando mais para a professora do que para a classe.

— Os répteis são... são muito antigos na natureza. Foram os primeiros vertebrados que deixaram a água pra viver na terra. O nome deles, o nome *reptile* significa "aquele que rasteja" e...

— São as cobras, os jacarés... — falou Bernardete, incentivando o garoto.

Cleiton passou a mão seguidas vezes pela testa, como se afastasse o suor ou o gesto o ajudasse a pensar. Quando engatou mesmo a falar, porém, foi-se entusiasmando e logo estava acelerado, emendando um assunto no outro:

— São cobras e lagartos e tartarugas, cágados e jabutis... e crocodilos e jacarés. Todos eles têm o corpo coberto de escamas ou então alguma proteção, tipo couro mesmo. A temperatura é variável, e antigamente existiam os dinossauros, que eram répteis. Hoje os maiores répteis são os crocodilos, mas existem lagartos bem grandes também. E as cobras.

Ele parou um instante, revirou um dos livros. Levantou-o aberto numa página com a ilustração de uma jiboia. O desenho mostrava a cobra carregando um pássaro morto na boca, rumo ao alto de uma árvore.

— Credo! Que bicho feio! — arrepiou-se Betinha.

Risadinhas nervosas pela classe. Cleiton limpou a testa outras vezes, continuou:

— Eu não acho feia. As pessoas têm medo de cobra, mas é um bicho muito amigável. Eu já criei jiboia em cativeiro. A minha tinha mais ou menos 1,80 metro, era nova. Tem algumas que passam de 4 metros.

Foi ele falar isso e a turma pegou fogo: "Credo, que horror, pega na mão?"; "Que nojo!"; "Ela come bicho vivo?" — E coisas assim...

— Normal, eu acho normal. Cobra come pequenos mamíferos, aves, insetos. Eu dava camundongo pra ela. Tinha vez que dava grilo, ela gostava. Toda cobra tem que comer bicho vivo.

Cleiton explicou que abria uma portinha acima do terrário, balançava o rato pelo rabo e a jiboia vinha depressa e comia.

— Eu também tive uma *king snake*. Essa se mexia muito, era legal. A minha parecia a coral, que é supervenenosa. Ninguém coleciona cobra assim, só espécies que não são venenosas. Agora eu tenho apenas três tartaruguinhas, e aqui pra São Paulo eu trouxe o Fred, que é um lagarto. Lagartos também comem filhotes de rato, lagartixa. O Fred adora lagartixa, mas, se não tem, tudo bem... Ele topa comer fruta, ração de gato e de cachorro. Ele é um lagarto-de-língua-azul, ou *blue-tongued skink*, como dizem nos Estados Unidos. Tem uma foto dele aqui no meu celular...

Bernardete levantou da mesa pra ver melhor a foto. Foi seguida pela Anita e suas amigas, Betinha e Sônia. Uma parte da classe ficou ainda imóvel, entreolhando-se, sem saber se devia mostrar interesse pelo que o Cleiton falava ou se o aluno novo merecia uma gelada, pra deixar de ser exibido ou um grande mentiroso...

Quando Anita gritou "Tem língua azul mesmo, gente, parece um dragão!", outra meia dúzia de colegas se aproximou da carteira do Cleiton. E aí, até a hora do intervalo, o que se viu foi um festival de cobras e lagartos, com a garotada revirando a enciclopédia, fazendo perguntas... Em certo momento, o celular do Cleiton começou a passar de mão em mão.

Nas fotos, um Cleiton mais jovem segurava uma imensa cobra amarronzada, que se enroscava no seu colo. Viram um lagarto cinzento que ficava num jardim e expunha a língua muito azul. Viram um homem, negro e forte, com um lagarto verde acomodado em seu ombro.

— Quem é? — perguntou Betinha, olhando a foto.

Cleiton recolheu o celular, falando depressa: "Meu pai, com o iguana. Eles não vivem mais com a gente". Guardou então o material, obedecendo à ordem de Bernardete, quando tocou o sinal do recreio. Antes que a turma se dispersasse, Bernardete perguntou:

— É muito interessante tudo o que você falou, Cleiton... E você quer cursar o quê? Veterinária?

— Talvez. Aí eu podia me especializar em bichos exóticos. Ou então vou fazer Biologia. Aqui em São Paulo tem o Instituto Butantan, eu adoraria trabalhar lá...

— Pra cuidar dos parentes dele — falou Pedroca, em voz baixa, porém não tão baixa que parte da classe não ouvisse.

Marcão completou a maldade:

— Parente dele tá é no zoológico. Na jaula dos macacos.

Alguns meninos riram. E Jurandir também achou graça...

Já não achou tanta graça depois do intervalo, quando viu outros colegas voltando com o novato para a sala.

Marcão quis rever os aeromodelos e Jurandir, com prazer e super gentilmente, tirou-os das caixas.

— Vocês podem ir lá em casa, se quiserem conhecer o Fred.

Jurandir ouviu Cleiton fazer o convite e largou Marcão falando sozinho. Ficou prestando atenção...

— A gente pode?

— Claro! Eu moro no Cecad.

No mesmo conjunto onde morava Jurandir. Como ele nunca havia visto o garoto negro por lá antes?

Jurandir ficou parado na carteira, um menino-ilha, quieto, em meio ao mar agitado dos gritos e das brincadeiras da turma, que retornava em bando do pátio. Alguns se sentavam depressa e anotavam aquilo que Bernardete escrevia na lousa, o tema da redação para o dia seguinte, exatamente sobre o assunto da aula: "Quem sou eu? O que eu quero ser no futuro? Quais são os meus sonhos?"

O que era ele, Jurandir, ou Juca, para a família e os colegas? Um bom aluno. Com muitos amigos, na escola e no Cecad. Favorito de professores, escolhido para fazer coisas especiais, só perdia em notas para a Sônia, a cê-dê-efe desde o quarto ano, mas que era a mais velha da turma.

As coisas estavam tão bem, não era mesmo? Então, por que Jurandir sentia aquela agitação diferente, aquela vontade de que todo mundo na classe gostasse dele, o elogiasse, percebesse como ele era especial e legal? De onde surgiam dúvidas, no meio das suas certezas?

Dividido entre suas recentes descobertas e o desejo de que nada mudasse, de que seu mundo continuasse igual, Jurandir percebeu que aquele era o dia, O Dia Especial. Em que descobrira sua paixão na vida. E um outro sentimento...

2. COMO A INTERNET CHEGOU NO ZEBEDÃO

— Mãe! A gente vai ter aula de Informática, mãe! — Jurandir escandiu as sílabas, IN-FOR-MÁ-TI-CA, dando o peso da importância à notícia.

— IN-FOR-MÁ-TI-CA — repetiu a mãe. — Esse menino vai longe!...

Dona Matilde estava na cozinha, pondo a mesa para o almoço dos filhos. Jurandir era o caçula. Ele e a irmã Roberta estudavam na mesma escola e chegavam juntos pelo meio-dia e pouco. A mais velha, Cris, saía do trabalho na loja em horário irregular e tinha de comer "voando": ida e volta da casa ao serviço lhe consumiam trinta minutos de sua hora e meia de almoço. O Wando já terminara o ensino médio, queria por enquanto ganhar dinheiro para pagar o financiamento do carro, trabalhava na mesma fábrica de embalagens do pai, seu Francisco, e comiam no bandejão de lá na hora do almoço.

Naquele dia, Cris já estava almoçando e se antecipou nas expectativas:

— Será que é um curso de programação, no Zebedão? Não é possível! O Zebedão tá ficando rico; no meu tempo, mal tinha bola pra Educação Física.

Zebedão era o apelido da Escola Estadual José Bento de Conceição, onde Cris tinha estudado até o nono ano e os irmãos menores, agora, cursavam o ensino fundamental.

Então Jurandir contou direitinho o que andava acontecendo na escola...

O Zebedão era a maior escola estadual da região em que vivia a família do Jurandir, num bairro popular de Guarulhos. Eles moravam num dos prédios do Cecad, um condomínio de oito blocos de quatro andares cada um, sem elevador, com interfone e estacionamento coletivos.

O mesmo estilo dos prédios do Cecad era seguido pelo colégio: concreto cinza, paredes altas, janelas estreitas — tudo feito para comportar muita gente, ainda que com pouco conforto. O importante era a quantidade...

E nisso o Zebedão não negava sua vocação: todas as turmas lotadas, além das classes de supletivo nos fins de semana; mais de três mil alunos, dezenas de salas, anfiteatro, biblioteca e salas de laboratório. Foi numa das salas de laboratório que a diretora, dona Sarah, instalou os computadores recém-ganhos do governo, num projeto especial da Secretaria de Educação em parceria com uma empresa de informática.

Os computadores eram vistosos, um modelo cheio de recursos ("coisa que nem escola particular tem!", como dizia a orgulhosa diretora). As máquinas foram uma conquista; não teve professor que não visitou, papariou e elogiou as danadas — que só não foram instaladas. Nenhum professor ou funcionário sabia como fazer isso. Eles provavelmente ficariam ali nas caixas até o dia de São Nunca ou até que alguém da Secretaria da Educação se dignasse a mandar um técnico... Teria sido assim, se não fosse pelo Nicolau.

Nicolau era universitário, cursava o segundo ano de Física e se aventurava a pegar umas aulas como substituto na rede pública de ensino. Era muito novo, mal completara 20 anos, tinha pouquíssima paciência com os alunos e menos paciência ainda com a direção da escola e com "colegas acomodados", como dizia. Podia ser mal-humorado e pouco sabia lidar com crianças, mas conhecia muito de informática.

— E você tem condições de dar aulas de computação? — perguntou dona Sarah.

— Mas é claro que sim — resmungou o rapaz. — Hoje o que os jovens precisam é aprender a navegar na internet com segurança, fazer uma boa pesquisa... É só dividir as turmas em pouca gente...

Dona Sarah ouviu com atenção e foi achando uma enorme vantagem para o Zebedão colocar no currículo do ensino fundamental um horário para aulas de computação. E assim Nicolau acabou se tornando um professor extra para os sextos anos, escolhidos como turmas-piloto do projeto.

— ... e o Nicolau falou que eu levo o maior jeito pra mexer no computador — concluiu Jurandir, na hora da sobremesa.

— Que coisa... — falou a mãe, orgulhosa. — Só em escola de rico tem disso. E você... menino arretado!

Dona Matilde ficou com os olhos vermelhos. Observava os filhos, todos muito parecidos com ela, de cabelos lisos e olhos escuros, jeito de índio ou caboclo. Ela suspirava e eles já sabiam que era o momento em que a velha ia lembrar como sua vida de criança fora dura na Paraíba. Como ela mal sabia ler e escrever e como teve irmãos que morreram anjinhos, de fome e da "inguinorança" do lugar. Casou-se com um pernambucano, vieram a São Paulo... Depois que o marido virou operário especializado, compraram o apartamento no Cecad e tiveram quatro filhos "bonitos e inteligentes", ela se achava vivendo no Céu.

— Tá bom, mãe, tá bom — falou Cris, levantando da mesa e dando um abraço na velha. — Não fica assim, o Juca vai levar o maior jeito nesse troço, você vai ver.

— Ele pode até se esquecer da outra maluquice — completou Roberta, dois anos mais velha que Jurandir. — Tirar aquele monte de tralha do quarto da gente...

— O quê? Você tá falando dos meus aviões? — falou Jurandir.

— Claro! Eu não aguento mais dormir com aqueles brinquedinhos pendurados em cima da minha cabeça.

— Aquilo não é brinquedinho. É aeromodelismo. E o pai deixou eu botar os aviões no quarto, tá?

— Já os meus pôsteres ele não deixa...

Era o clima pra começar uma discussão comprida, sobre quem podia pôr o que no quarto coletivo, onde dois beliches comportavam os quatro irmãos e qualquer espaço era disputado pra valer.

Cris interrompeu, mordendo uma maçã de sobremesa, já à porta da sala:

— Deixa de ser metida, Roberta! Eu deixo você colar um pôster, mas um só, no nosso lado do quarto... tá bom? Nossa, que tarde! Bença, mãe. Até de noite!

Enquanto dona Matilde e Roberta cuidavam da louça, Jurandir foi à janela da sala, ficou olhando os aviões que subiam e desciam no Aeroporto Internacional de São Paulo, a menos de dois quilômetros dos prédios em que moravam.

Aviões. Juca nem lembrava quando começara seu interesse por aviões. Talvez todo mundo que mora em Guarulhos acabe sendo envolvido, de uma maneira ou de outra, pelo fato de a cidade abrigar o aeroporto mais movimentado da América Latina. A família de Juca, porém, tinha ainda mais motivos para esse envolvimento.

A inauguração do aeroporto coincidiu com a chegada do pai a São Paulo, em 1985. Além disso, o pai e Wando trabalhavam com embalagens para serviço de bordo numa das muitas indústrias de Guarulhos que prestavam algum tipo de serviço para as empresas aéreas.

Jurandir também gostava do aeroporto e dos aviões por causa dos vizinhos. Como o seu Adelfo, pai do Chico, um homem de cabelos vermelhos e crespos, muito alto e magro, que trabalhava com embarque de carga. Havia também Arlete e Salete, duas aeromoças solteiras que moravam juntas e cumpriam horários muito malucos, às vezes saindo de madrugada para voar para lugares bonitos e retornando só dois, três dias depois. E, ainda, os auxiliares de mecânicos, que usavam macacões com logotipos de empresas aéreas e sempre tinham boas histórias pra contar, quando alguém fazia aniversário e reservava um dos galpões de churrasco do Cecad. Histórias sobre pilotos de outros países, terras de gente muito branca ou muito negra, panes que deram em desastre, heroísmo de um piloto que pousou forçado, detalhes de serviço de bordo, o luxo das primeiras classes, os brindes em datas especiais.

Em outra tarde qualquer, Juca iria procurar os aviões no céu. Olhar, sonhar... Depois, procurar os amigos do Cecad, com quem sempre dividia umas duas horas de brincadeira, antes de começar a lição de casa. Naquele início de tarde, porém, Jurandir cravou os olhos no contorno dos edifícios. Estavam na segunda semana de aula, ele sabia que Cleiton morava no mesmo conjunto, mas não em qual prédio. O que ele fazia depois das aulas? Ia se trancar no apartamento com o lagarto e caçar lagartixas pra ele? Quem sabe Juca não deveria fazer uma visitinha...

Não ia ser legal? Juca se imaginou caçando bichos nojentos e levando-os de montão ao apartamento do outro, tocando a campainha, estendendo um vidro meio aberto e...

— Olha o que eu trouxe pros seus amiguinhos. Tó! Um presente!

Juca estendia o vidro pro Cleiton: um monte de barata, lagartixa, aranha e grilo começava a escapar dali, espalhando-se pelos braços do menino, e quem sabe a mãe dele via e dava o maior berro e...

Ideia besta. Juca riu, espantou a maldade com um gesto. Não sabia em qual dos blocos morava o "neguinho metido" — apelido com que Cleiton fora batizado por alguns meninos depois da Semana-Gincana. Se quisesse, seria fácil descobrir. Bastava Jurandir perguntar pra mãe sobre novos moradores do Cecad: dona Matilde fazia parte do conselho administrativo, conhecia aquele conjunto e seus moradores como a palma da mão. Não... mesmo pra sacanear, Juca teria de fazer visita e ele não queria contato com o cara. Não gostava dele. Podia nem saber dizer direito por quê, mas não gostava do Cleiton.

Verdade que Cleiton havia sossegado um pouco. Bernardete não deixou de jeito algum que ele trouxesse um lagarto pra escola e provavelmente nenhum colega topou o convite pra visitar os répteis no apartamento do menino. Jurandir gostou de ver que o "neguinho metido" ficava sozinho no recreio e que errara algumas respostas de Matemática na aula do professor Zé Luiz. Não tinha pressa nenhuma em conhecer, conversar ou saber onde o carinha morava.

Jurandir dava tempo ao tempo. De certa forma, sabia que ainda haveria um momento em que teria de enfrentar o vizinho. No quê? Não tinha bem certeza. Mas não seria naquele dia nem naquela hora...

Naquela tarde abafada, Jurandir estava satisfeito consigo mesmo, olhando pela janela do apartamento e vendo despontar o brilho das asas prateadas de um avião, rapidamente levantando voo na pista do aeroporto.

Era um Boeing 767? Pena que estava sem os binóculos. O aparelho logo entraria nas nuvens... De que companhia? Seria alguma companhia estrangeira? Era uma questão de saber olhar as nuvens, o brilho do sol no metal dos aviões e descobrir seus modelos, imaginar de onde vinham ou para onde partiam... De olhos bem abertos Jurandir podia sonhar. Ver-se entre as nuvens, na poltrona do piloto, diante dos instrumentos e dando ordens em inglês ou comandando a aterrissagem...

3. PRIMEIRAS NAVEGAÇÕES

— VAMOS LÁ, PESSOAL. Agora vocês entenderam como se faz uma boa pesquisa na internet... Você aí, loirinho. Para de cutucar a menina, senão vai ter comigo... E você? Entendeu? Entendeu mesmo? Não faz essa cara, entendeu mesmo? Então tá! Que assunto vocês querem, hein? Como a gente vai procurar, hein?

Metade dos alunos do sexto C estava em torno do professor Nicolau, que com seu método deixa-que-eu-chuto ia levando a aula de computação meio que ensinando, meio que dando bronca. Uns seis ou sete tinham se acomodado bem perto do computador e procuravam aprender ao máximo. Duas meninas anotavam tudo, em letra tão cuidadosa que acabavam mais anotando que entendendo. O resto da turma se espalhava pelos fundos do laboratório, com um mau humor semelhante ao do mestre para com eles. Se dependesse do jeito rude do Nicolau, aquelas aulas poderiam acabar em desastre.

— Aviões — falou Jurandir.

— É o que você quer saber? — Nicolau saiu da cadeira e a deixou para o menino. — Não deve ter muita coisa boa. Eu já falei que o melhor conteúdo está em inglês. Bota *airplanes*.

Jurandir digitou direitinho a palavra e deu entrada na pesquisa. Apareceu a informação "*Aproximadamente 55 600 000 resultados*".

Significava que havia milhões de sites onde se poderia achar informações sobre *airplanes*.

— Ah, ah! — Nicolau assinalou um lugar na tela. — Tem uma banda que chama Airplanes. Aqui tem de tudo... entenderam? Apareceu o conjunto de rock. Tudo sobre... aviões, conjunto de rock, até sobrenome, por exemplo. Entenderam? Eu já expliquei isso! Entenderam *mesmo*? — Virou-se ansioso para Juca: — Bom. Você achou suas fotos. E agora, o que você faz?

Jurandir escolheu um dos sites sobre um clube de aeroplanos da Primeira Guerra, na Austrália.

— Da Austrália, professor? — perguntou Sônia. — Assim longe? Por que a gente não pega fotos de um site brasileiro?

— Para vocês verem que não tem "longe" com a internet. Não tem. Você pode pegar informações em toda parte do mundo...

Jurandir pensou: *Como se isso fosse novidade!*, mas não disse nada. Abriu novos sites e mais fotos foram aparecendo na tela, mostrando aviões que voaram na Primeira Guerra Mundial, há mais de oitenta anos. Nicolau foi traduzindo o texto em inglês, falando sobre batalhas aéreas e capacidade de voo das aeronaves.

Apareceu um funcionário na porta da sala, Nicolau foi atender.

— Avião é coisa chata — falou Betinha, suspirando diante da demora com que as fotos apareciam na tela.

— Pra você. Eu gosto — disse Juca. — E quem tá navegando *sou eu*.

— Por que só você? Deixa outro! — reclamou Marcão.

— Se você entendeu como se mexe com isso, espertinho... pode vir. Tó! — falou Juca, levantando da cadeira e apontando o teclado para o gorducho. Só não contava com o fato de que, já que a cadeira estava vazia, outra pessoa assumisse o lugar.

Cleiton sentou-se, usou o mouse para retornar à página do buscador e sair de *airplanes*. Virou-se para Betinha:

— O que você quer saber? — ele perguntou, sorridente.

Betinha pensou, pensou... olhou para a porta, viu as costas de Nicolau, envolvido com a conversa...

— Tem qualquer coisa? Mesmo?
— Tem muuuuita coisa... — Riram, maliciosos, uns garotos no fundo da classe.

— AVIÕES! — gritou Chico, abrindo bem os braços como se fossem asas, imitando um som rouco de motores. — Eu ADORO aviões!

Enquanto o sardento Chico "voava" pelas calçadas, Roberta apressava o passo para se afastar, com as amigas, daquela dupla de loucos: Chico e seu irmão.

Formavam um grupo, mais ou menos constante, de meninos e meninas que iam e voltavam do Zebedão para o Cecad. Naquele chuvoso meio-dia de março, eram apenas cinco: Roberta e duas amigas, Chico e Jurandir.

Chico estava eufórico com a recente descoberta do Juca na aula de Informática. Depois de quase dois meses, o curso havia avançado e se diversificado. Com as novas máquinas, o professor Nicolau trabalhava no laboratório com a classe inteira, usando dois alunos como auxiliares: Juca ficava assessorando num dos computadores e Cleiton fora escolhido como auxiliar no outro.

— Nunca pensei que fosse tão bão ver aviões! — gritou Chico, chapinhando uma poça d'água e fazendo uma das amigas de Roberta soltar um gritinho irritado.

— Não dá bandeira, cara! — Juca apontou as meninas, à frente deles, com a cabeça. — A Roberta conta pra minha mãe...

— Uai?! E internet num é coisa de escola? Que é que tem? É pra navegar... Foi o Nicolau que mandou...

Na aula daquela manhã, Jurandir começara a navegação pelo assunto que mais o interessava, antes de ajudar os colegas: digitou "aviões"; apareceram links conhecidos. Um deles, "Os aviões que toda Força Aérea gostaria de ter!", ainda não tinha sido acessado. Chico estava do lado de Juca. Abriram o site...

Toparam com seis fotos de mulheres peladas, peladinhas mesmo! E com o texto embaixo das fotos: "É para olhar esses aviões com os olhos bem abertos..."

— Se o Nicolau fica sabendo... — riu Chico.

— Desencana! Você acha que ele não sabe que tá assim de mulher pelada na internet? O irmão do Sortudo tem aula com o Nicolau no Ensino Médio e eles já abriram cada site...

— Jura? Mas na escola?!

— O Sortudo que me falou. Pergunta pra ele.

A chuva voltou a cair logo que o grupo avistou o muro do Cecad. Tiveram de correr, escondendo-se sob a marquise da portaria. E ali, antes que o portão abrisse, o grupo topou com Marcão.

— Oi, cara! — falou um surpreso Jurandir. Nunca tinha visto o gorducho por ali. — Tudo bem?

— É, eu vim filar uma boia... e vou estudar. Tô mal em Inglês. Tem um carinha aí que vai me ajudar...

Marcão parecia tão sem graça... Juca imaginou por quê. Era bem mais fácil o outro dizer "vou visitar um amigo", não era?

O "amigo" chegou à portaria, de guarda-chuva aberto. Se ficou surpreso com aquele monte de colegas do Zebedão, não demonstrou. Cleiton deu um "oi" a todos e ofereceu dar carona de guarda-chuva — primeiro às meninas — até cada bloco onde elas moravam.

— Nossa, que amigo gentil você tem, Juquinha! — gozou Roberta, aceitando. — Se fosse você, já tinha corrido na frente...

Os meninos ficaram vendo Cleiton ir e vir com as garotas sob o guarda-chuva por três vezes. Um silêncio incômodo entre eles. Juca não deixava de pensar que era uma espécie de traição essa aproximação do Marcos — justamente o Marcão! — com o aluno novo. Afinal, o gorducho era cruel nos apelidos e não havia poupado Cleiton: pelas costas, era "crioulo metido", "nega maluca", "Michael Jackson antes do banho" ou — o mais gentil — "geninho chocolate". E agora... ainda ia filar boia na casa do cara? Estudar inglês?

— Bom. A chuva tá maneira, eu vou indo — falou Marcão, protegendo a cabeça com a mochila, sem esperar o retorno do Cleiton. — A gente se vê depois.

Mal o Marcão correu para o bloco D do Cecad, o Chico falou:

— Esse Cleiton anda saidinho, hein, cara? Anteontem eu vi o Pedroca andando com ele por aqui.

— Puxa-saco é assim mesmo. Dá aulinha de inglês pra arrumar amigo — Juca arremedou, botando os lábios para a frente, como se fossem beiços salientes. — Num esquenta.

Chico riu, riu mais um pouco... "Aulinha de inglês!", arremedou também. Depois os dois seguiram debaixo da chuva, propositadamente pisando nas poças que se formavam no cimentado entre os prédios, rindo e fazendo algazarra.

4. RIVAIS

JURANDIR NÃO SE IMPORTOU tanto assim com o fato de Marcão ou Pedroca estarem se encontrando com Cleiton. De certa forma, era como se ele que estivesse perdendo por aceitar aqueles dois vadios como amigos... Os caras mal conseguiam média pra passar de ano, nunca liam nada, suas perguntas em sala de aula acabavam virando piada na classe. Se fossem bons em alguma coisa, só podia ser em colocar apelidos ou contar piada suja. Nenhuma dessas habilidades parecia atraente para Jurandir.

Foi diferente com o Sortudo.

Jurandir estava no cimentado da área do bloco C, estendendo um novo aeromodelo para secar. Era um Messerschmitt Me-210, um avião de combate alemão da Segunda Guerra, que ele pintara de verde-escuro e em cuja cauda colara uma suástica preta. Era 13h15 da tarde, cedo para os outros amigos do Cecad descerem dos apartamentos. Juca ouviu a música e as risadas, virou-se...

Cleiton e Sortudo, sentados lado a lado, conferiam uns papeizinhos e davam risada. No rádio perto deles tocava uma música.

Como Cleiton e Sortudo eram diferentes! Juca ficou olhando fixo para eles, sem ser visto, distraídos que estavam. Jurandir se escondeu atrás de uma pilastra e olhou, olhou...

Sorriu — mas risada com gosto azedo. Eram a dupla "leite e chocolate", aqueles dois. "O anjo e o diabinho." O negro: cabelo bem curto e bem crespo, nariz largo, lábios grossos. Cleiton nem poderia ser considerado mestiço ou pardo... Era um menino alto pra idade, de pernas grandes, a pele luzindo na sua cor negra. O branco: Sortudo era o modelo de um anjo de presépio, com olhos azuis arregalados e fartos cabelos castanho-claros, cacheados, um menino que parecia ter saído de uma série de televisão norte-americana...

Sortudo não era um menino orgulhoso. Tinha gênio dócil, aceitava sem discutir a liderança de Jurandir e os pedidos das mães do Cecad. Era quem ficava de olho nas crianças menores, nos brinquedinhos do playground. Era quem topava andar mais alguns quarteirões só pra fazer um favor e trazer pequenas compras à saída da escola, por exemplo, ou quem concordava em preencher mil e um formulários de prêmios — mesmo que em nome de outra pessoa...

Juca e Sortudo se conheciam desde pequenos. E mesmo que o "anjinho" estudasse em outra escola e fosse um ano mais novo, ele era da sua turma, era alguém que lhe parecia tão pertencente à sua esfera de vida como um parente ou um bicho de estimação.

Tarcísio tinha virado Sortudo há dois anos, quando ganhou um belo conjunto de som num programa de rádio. Quase gastara o dedo, de tanto telefonar para a emissora. Era insistente, participava de dezenas de concursos: em sua casa, caixas de chocolates, camisetas promocionais, brindes, chaveiros e bonés indicavam sua paciência. O som era apenas a confirmação da glória e o motivo do apelido...

O que mais doeu em Juca, naquela hora, foi ver os dois rindo, tão à vontade. *Como se* a cor da pele não importasse. *Como se* fossem amigos há tempo. *Como se* não existissem outros amigos nem outras pessoas nos prédios do Cecad...

Acabou a música, o locutor começou a falar, a dupla se alvoroçou. Cleiton aumentou o volume do rádio, anotava depressa alguma coisa. Foi a hora em que Jurandir resolveu dar as caras.

— Oi, Sortudo! Tudo bem?

— Psiu... — falou Cleiton, ainda anotando. Só quando deu o comercial é que levantou o rosto. — Pronto! Peguei o endereço. — Virou-se pro Juca: — Tudo bem, Jurandir? Outro avião?

Jurandir segurava seu aeromodelo nas mãos. Não estava bem seco, mas agora isso não tinha muita importância.

— O que vocês estão fazendo?

Sortudo respondeu:

— O Cleiton me falou dessa rádio. Se a gente mandar umas cinquenta cartas, tem chance de ganhar uma máquina fotográfica profissional. Com teleobjetiva e mais um monte de coisa!

Como se esse cara soubesse o que é uma teleobjetiva, pensou Juca. Alisava a madeira da asa do aeromodelo, alisava devagar...

— Você num tava escrevendo pro meu concurso?

— O seu... — As maçãs do rosto do Sortudo ficaram vermelhas. — Quer dizer, da viagem de avião?

— É.

Jurandir olhava só para Sortudo, sem encarar o menino do lado, como se pudesse fazê-lo sumir, se não fizesse contato visual.

— Eu já escrevi... quer dizer, fiz 12 cartas, ia te levar de noite e...

— Doze é pouco, Sortudo. Você mesmo falou! Falou que ia escrever mais de trinta, ia botar sorte pra ganhar...

Há duas semanas que Sortudo vinha ajudando Jurandir a participar de um concurso promovido por uma companhia aérea que oferecia um voo panorâmico como prêmio para a melhor redação com o tema "Por que eu quero voar". Juca tinha escrito o texto, mas Sortudo passava a limpo, em papéis e envelopes diferentes, "pra dar mais sorte"...

— O concurso só vai até o fim do mês — falou Juca, rodando a hélice do aeromodelo entre os dedos.

— Fim do mês? Puxa! Ainda tem de pôr no correio... — Sortudo afastou os cachos da testa, desligou o rádio. — Eu entrego as que eu fiz de noite... e vou escrever mais umas cinco. E...

— Olha, eu não tenho nada com isso... — Cleiton interrompeu, sorrindo. De rabo de olho, Juca mirou o menino e desviou o olhar. — Mas o Tarcísio vai ganhar alguma coisa pra copiar o texto do concurso? Pelo que ele me falou, o prêmio é pra uma pessoa só, e se ganhar...

Virando a hélice, virando mais e mais a hélice...

Juca sentiu a madeira fina estalar no contato com seus dedos. Ficou segurando a lasca na palma da mão. Quando Cleiton percebeu o acidente, levantou-se pra ver o avião, esticou a mão... *Tá querendo ajudar?*, pensou Juca, reparando naquela expressão de "que peeena!" que o menino negro punha no rosto e, *Ah!*, *aí foi demais*. Jurandir sentiu o calor todo subir da barriga pro peito e do peito pro pescoço, explodindo nas palavras pela boca:

— Você não tem nada com isso! Nem com meu avião... Nada! — Apertou mais o aeromodelo e dessa vez sentiu a asa esquerda estalar. Falou mais alto, mais rápido: — Nem com concurso, nem... com o meu amigo. E o nome dele é Sortudo, tá? O Sortudo me ajuda porque gosta, porque...

— Claro, claro, Juca, mas é claro! Por que você tá assim? — Sortudo tentou segurar o braço de Jurandir, que se afastou.

— Sabe de uma coisa, Juca? Eu acho que não é coisa de amigo ajudar desse jeito. O que é que o Tarcísio ganha com o concurso?

Ele fala Tarcísio pra provocar, pra provocar ainda mais, pensou Juca.

— O Sortudo ajuda porque ele quer! E esse... esse concurso besta aí, da máquina fotográfica... vai ficar pra quem, hein? Se é que ganha alguma coisa... pra quem? Pra ele?

— Se ganhar a gente divide... — falou Sortudo, baixinho. — O Cleiton já tem máquina... ele só quer a lente.

Havia algo de ridículo nos três discutindo por um prêmio que nem haviam recebido ainda e cuja chance deveria ser de uma em mil. Mas a raiva falava tão alto dentro de Jurandir que ele não deixou seus "pensamentos adultos" ganharem de sua... o quê?

O que sentia, exatamente? Raiva? Não deu tempo a si mesmo para descobrir. Falou num impulso:

— Tá bom! Tá bom, Sortudo! Não precisa fazer favor nenhum, pode deixar. Nem precisa vir de noite em casa, esquece tudo, esquece "Por que eu quero voar", tá? É bobagem mesmo, fica aí com esse cara, vai tirar fotografia, tchau...

— Juca! Ei, Juca! — gritou Sortudo, a voz ficando mais aguda, conforme via Jurandir se afastar, correndo... — JUCAAAAA!

Antes de entrar no seu prédio, Jurandir pôde ouvir Cleiton dizendo:

— Não fica chateado, não, ele tá nervoso. Ele é teu amigo, isso passa.

Que passou, passou. Sortudo apareceu à hora noturna de sempre, no apartamento de Juca: cara angelicalmente assustada, pedindo desculpas por algo que nem sequer entendia direito. Tinha trazido 18 redações "Por que eu quero voar", em letra caprichada, até envelopadas, com o nome de Jurandir dos Santos Pereira como remetente e o endereço do amigo, certinho...

— Obrigado, Sortudo. Você sabe por que eu pedi pra você escrever, não sabe? Você tem tanta sorte... já ganhou tanta coisa... pra eu ganhar a viagem, cara, só se for com a ajuda de um sortudo como você. E... olha, quem sabe dá pra levar alguém junto, né? E aí eu...

— Esquenta não, amigão! Avião, credo! Dá até medo pensar nisso. Se você ganhar, puxa, sorte a sua...

Estavam no quarto de Jurandir. Se tinham alguma privacidade, era porque Wando fora namorar e a Roberta andava de patins com amigas no pátio do Cecad. Cris estudava à noite e ainda não havia voltado. Num quarto coletivo era difícil achar espaço pra conversas sérias...

E Jurandir estava disposto a ter uma conversa séria com Sortudo. *Chega de ser bonzinho. Chega de fingir que o Cleiton é boa gente, que leva a vida dele com os bichos e deixa os outros sossegados...* Juca havia passado a tarde pensando em coisas assim. Enquanto *aquele cara* só ficava puxando o saco dos outros nas aulas de computação ou arrumando amigo *vagau*, vá lá. Mas agora ele andava se metendo mesmo nas *suas* coisas. Com os *seus* amigos.

Juca deixou os envelopes no beliche, devagar. Olhou para seus aeromodelos pendurados no teto, depois para o aeromodelo da tarde, largado em pedaços sobre a escrivaninha.

— Escuta, Sortudo. Você é que sabe quem são seus amigos. Esse negócio de fotografia...

— Pode ser uma boa, Juca! Nem deve ter tanta gente, o Cleiton me falou que...

Juca ergueu a mão — um gesto de comando que Sortudo não costumava desobedecer.

— Esse cara chegou agora. Tá muito metido. Que história é essa de concurso? Em nome de quem vocês vão mandar envelope?

— Ele falou que podia ser no meu nome, Juca!

— E você acredita? E se vocês ganharem? Ele vai deixar assim, na maior, o prêmio pra você? Por quê? Ele é teu amigo por acaso?

Sortudo ia responder, mas acabou desistindo. Aquele rosto bonito, que seduzia as vovós do Cecad, revelou uma expressão levemente ressentida; seus olhos ficaram brilhantes.

— Cara, a gente nem conhece ele... você tem amigo aqui desde que nasceu. Lá na escola, sabe? Lá na escola, ele... — Jurandir deu uma pausa, percebendo num flash, antes de falar, que não havia nenhuma acusação grave contra o Cleiton na escola. — Ele é chato à beça com a internet. É todo exibido na aula, só fica pegando assunto que ele gosta, precisa ver. Todo metido.

É *mentira*, Juca pensou, mas enfiou a ideia mais fundo na cabeça, sufocou-a com outro pensamento — *podia ser verdade* — e continuou:

— Quando a gente já tem amigo antigo, quando a gente mora há tanto tempo num lugar, Sortudo, tem de tomar cuidado com amigo novo. Sei lá se a família dele...

— A mãe dele é professora do Zebedão. No Ensino Médio.

Por essa Juca não esperava.

— Tá, eu num conheço ela, nunca vi, mas...

— Ela dá aula pro meu irmão. E ele bem que gosta dela.

Jurandir percebeu que, se insistisse naquele tema, ainda ia se ferrar. Então falou depressa um monte de palavras difíceis que o amigo — mais novo e mais bobinho (ainda mais um cara como o Sortudo, acostumado a ser comandado pelos outros!) — desconhecia. Depressa, Jurandir foi logo mostrar gibis e sugerir um jogo e falar de um seriado de tevê pra fazer o cara esquecer o assunto e ambos voltarem às boas, àquela camaradagem em que ele, Jurandir, liderava e se sentia seguro e feliz e o outro elogiava e aceitava os conselhos e também se sentia seguro e feliz...

Acabaram a noite com um jogo de batalha naval. Entre B5, G4 e H7, porém, Jurandir tinha tempo de pensar... e de se conscientizar de que era importante, urgente mesmo, conhecer mais sobre a família do inimigo, se pretendia ganhar a guerra.

5. CONHECER O INIMIGO

CHICO MOSTROU A FOLHA para Jurandir e sorriu. A contagem era de cinco quadradinhos e meio de "entendeu" ou "entenderam". Desse jeito, o professor ainda bateria o próprio recorde de dizer o mesmo verbo mais de quarenta vezes numa só aula...

— Então a gente vai ter uma provinha semana que vem — falou Nicolau. — Entenderam? Eu vou pedir pra explicar o que é internet, como se faz uma boa busca... Entendeu?

Juca acompanhou o desenho que Chico fez no papel, marcando mais dois traços no quadrado, fechando trinta repetições.

— Eu quero que vocês escrevam sobre a navegação, o que viram, do que mais gostaram... Entenderam?

Chico riscou mais um traço e escreveu em letra grande pro Juca ler:

— Vale a gente contar dos "Aviões que toda Força Aérea gostaria de ter"?

Juca fez um gesto negativo com o rosto, fingiu prestar atenção. Estava preocupado. Não com a prova-surpresa com que Nicolau presenteava a classe, e sim com a nota a ser acrescida à média de Matemática "para dar mais seriedade às aulas de internet", como o professor justificara. Nem se preocupava com as provas bimestrais que se aproximavam e que um professor ou outro já marcara. De modo geral, estava se saindo bem e gostando do esquema de terem tantas matérias e professores, novidade para os sextos anos.

O que o incomodava era o outro. Até o ano anterior, Jurandir não se mostrava realmente competitivo. Sabia que era bom aluno e gostava de ser elogiado, mas não pensava muito sobre o assunto. Sônia geralmente tinha médias mais altas, mas ele nunca a encarara como rival. Mesmo com os demais colegas, o que ele fazia? Nada. Carlos era muito bom em Português, lia livros enormes em dois dias e escrevia redações lindas. Pedroca fazia desenhos legais, era ótimo em copiar mapas e ilustrações (Jurandir até aplaudia seus desenhos). Mas com a chegada de Cleiton...

Em muitas aulas, Juca se pegou reparando nas respostas do outro. Comparando suas notas com as dele. Ficando chateado se um professor elogiava o colega e fazendo mil esforços para também ser elogiado. Começou até a estudar Ciências e Meio Ambiente com mais ânimo depois que o professor e o Cleiton tiveram uma discussão sobre répteis em cativeiro...

Foi um acontecimento especial, aquele. Alguns colegas contaram sobre os bichos de estimação do Cleiton para o Mário, o professor de Ciências, e ele achou um absurdo criar iguana ou cobra em casa. Cleiton discordou:

— Eu tenho o lagarto-de-língua-azul, que é da Oceania, mas há mais de trinta anos é criado em cativeiro; ninguém recolhe o bicho da floresta pra vender. E eu... Eu já criei jiboia e iguana, professor. Só que o Ibama proíbe e eu doei pro zoológico. Se um bicho estranho entrar na fauna local pode trazer doença, atrapalhar o meio ambiente...

O professor movia o rosto, concordando. Cleiton ficou quieto, depois passou a mão pela testa um monte de vezes e disparou a falar depressa:

— Mas tem de ver que a iguana, hoje em dia, é um dos lagartos mais comuns nos Estados Unidos e em alguns países... a Colômbia, por exemplo, tem fazenda de criação de iguana pra exportação. Mas o que tem de bicho que ainda vem em contrabando! E todo mundo compra!

— E você acha, menino, que contrabando é certo? Se ninguém se metesse a besta de criar esse tipo de bicho, nada acontecia!

O "se metesse a besta" enfureceu Cleiton e a conversa degenerou em bate-boca. Uma delícia para os ouvidos de Jurandir... Ele até pesquisou uns sites na internet e passou os endereços para o professor, que era um coroa invocado e não ia deixar um aluno novato sem resposta...

A briga continuou por duas aulas e fez a classe se dividir um bocado, pró e contra o Cleiton: alguns colegas temiam que o sexto C ganhasse a fama de "implicante" e por esse motivo tivesse uma prova de Ciências mais ferrada. Quando perguntaram o que o Jurandir achava, ele deu um jeito discreto de colocar mais lenha na fogueira contra o outro...

— Juca! Tá dormindo, cara? A aula acabou — disse o Chico, chacoalhando a carteira do amigo.

Jurandir viu o professor Nicolau saindo, as vozes dos colegas virando burburinho agitado de entreaulas, todo mundo se erguendo das carteiras e esticando as pernas, antes que a próxima professora, Bernardete, chegasse à sala...

Encarou a carteira de Cleiton, que conversava animado com Sônia, Carla e Pedroca. O menino não olhou para ele, não precisava dele, não o achava inteligente nem especial. Afinal, cada vez mais colegas começavam a fazer parte da turma do outro e não havia nada, nada, que ele, Jurandir, pudesse fazer...

— Eu estou com visita! — anunciou Matilde, entrando devagar pela porta do apartamento, dando tempo pra sua família escapar, se tivesse algum folgado só de cueca ou pijama, antes que a visita entrasse.

A mãe olhou para dentro da sala, viu que o marido estava apresentável, que Juca também estava ajeitadinho, e depois abriu a porta de vez:

— Entra, Emerê. Oxe, entra e fica à vontade. A casa é simples, num repara, mas o coração é grande.

Pai e filho acertaram-se no sofá, sorrindo para a visita: uma mulher alta e negra, que pediu licença e entrou. Eram mais de nove e meia, Matilde vinha da reunião de condôminos e às vezes trazia alguma vizinha para tomar o último café da noite e detalhar novas tarefas no prédio. Dessa vez não era vizinha conhecida...

— Francisco, tu nem pode imaginar... — Matilde vinha animada, segurando a desconhecida pelo braço, exibindo-a para o marido. — Emerê viveu naquelas brenha do sertão... tua terra, homem!

— Que coisa... — O pai pareceu surpreso com a coincidência. O lugar era tão pequeno que mal constava no mapa. — E desde quando? Como é que...

Emerenciana apertou a mão de seu Francisco, e Juca se viu surpreendido em reparar como a mulher era alta. Passava um bom tanto da cabeça do pai, que nem era baixinho, com um 1,70 metro. Tinha uma risada larga, de dentes muito brancos. O menino achou algo familiar naquele jeito de sorrir ou de passar a mão pela testa quando tinha de contar alguma coisa comprida...

A história era comprida, sim. Emerê era cearense, havia casado com um pernambucano — "parente do Lurival", completou Matilde, explicando ao marido — e recém-casada foi para a cidadezinha de Conceição das Crioulas. Citou um monte de nomes que despertaram várias recordações no pai e na mãe, interrompendo a história da visitante com expressões de reconhecimento. Afinal, Emerenciana concluiu que tinha morado ali por três anos, antes do filho nascer.

Matilde foi à cozinha preparar o café, mas antes ainda falou para Jurandir:

— Tu deve de conhecer o filho dela... tá na tua escola, Juca! Não é mesmo, Emerê? No Zebedão...

— O nome dele é Cleiton — falou a negra diretamente para Jurandir. — Acho que tem a sua idade...

— É meu colega de classe — falou Juca, muito baixinho.

Não tão baixo que a mãe não ouvisse. Matilde apareceu à porta, empunhando o bule de café, para concluir, vitoriosa:

— Num disse, Emerê? Eu disse que a meninada devia de se conhecer. São amiguinhos... né não, Juca?

Juca ficou tão parado, tão quietinho no sofá, como se tivessem passado cola na sua bunda. Naquele entusiasmo, a mãe não reparou muito nele. Foi falando alto, da cozinha mesmo:

— Emerê é das nossas, Francisco! Topou tudo: da gente consertar a fiação lá de fora pra ter luz de noite na portaria... topou *egigir* — a mãe falava *exigir* daquele jeito chiado —, na prefeitura, de botar poste novo... e deu uma ideia também, uma ideia boa, oxe! Pra arrumar as plantas. Toma café com açúcar, Emerê?

— Bem pouquinho, dona Matilde — falou mais alto para Matilde ouvir da cozinha.

— Nem dona, nem meia dona, Emerê. Amigo me chama é de Matilde — disse, trazendo a xícara pequena de café, aquela que só era usada nas visitas importantes, e passando-a para a mãe do Cleiton. Virou-se para Francisco: — Emerê é professora, saiu lá de Conceição pra estudar na capital, fez curso. Era vizinha do Floripes, vê se pode, meu nego!

Outro nome estranho, que despertou mais meia hora de recordações regadas a novos cafezinhos. Jurandir ouvia-sem-ouvir, com imensa vontade de conseguir uma brecha na conversa e escapar. Por outro lado, era bom ficar ali, um tanto esquecido, e poder observar bem a mãe de seu inimigo: a mulher lembrava Cleiton, mas era bem mais clara e mais bonita que ele. O nariz afilado lembrava focinho de gato, com narinas para a frente, salientes.

O jeito de falar era manso, esticado, acentuava um modo felino, parecia uma confiante gata mulata.

Quando Cris chegou, pelas onze da noite, trazendo Roberta a tiracolo, já que ela ficava na portaria brincando e esperando pela irmã, a conversa dos adultos ia animada. Matilde apresentou as meninas, falaram sobre cuidar de filhos e fez um comentário geral sobre a violência em Guarulhos. Depois, Emerê conferiu o relógio, agradeceu o café, precisava ir pra casa... Nessa hora, Matilde fez o convite:

— A gente precisa se ver mais, se encontrar... Oxe, marido! A gente num vai fazer um churrasquinho no aniversário de Cristina? É bem na Páscoa, dia 12. Você tem parente em Guarulhos, Emerê? Se tem, pode trazer, sempre cabe mais um...

Dona Emerê falou que não, que era só ela e o filho em São Paulo. Francisco ia reforçar o convite, mas Matilde nem o deixou completar a frase:

— Claro que Emerê tá convidada! Vai ser bom demais! E depois, Emerê... teu filho num é amigo do meu? Fica tudo em família!

Despedidas. Emerê agradeceu muito, disse que combinavam outro dia, apertou a mão de seu Francisco, deu dois beijinhos no rosto de Matilde e de Cris, fez um agrado no cabelo de Juca...

Juca escapou devagar para o quarto e fingiu muito bem que dormia. Pôde ouvir os irmãos entrando e saindo, acertando as últimas coisas da noite antes de assumirem seus lugares nos beliches. Tentava entender as batidas agitadas do coração, tentava imaginar um jeito calmo para conversar com a mãe... Queria evitar o churrasco, a convivência odiosa com o Cleiton. "Seu amigo", falou a mãe... e como dizer a ela, sempre tão entusiasmada e decidida a fazer amizade, que *aquele menino* não era seu amigo? Como convencer os pais a se afastarem daquela mulher que parecia legal — "uma das nossas, Francisco", palavras da mãe... Ela não queria dizer com isso que Emerê era também participativa, briguenta mesmo, disposta a melhorar o Cecad?

Devia ser bem tarde... Wando já havia chegado, tomava um último copo d'água na cozinha. Cris e Roberta nos beliches, o ressonar leve de quem dorme... Juca sentiu devagar o coração diminuir o ritmo. Ouviu ainda um comentário da mãe para o marido ou para o Wando, talvez: "Que vida difícil teve essa mulher, oxe! O marido era o cão, Emerê se separou do peste depois que ele lhe botou chifre. Ela me disse que num foi mole não, coitada"...

Então o Cleiton não tinha pai, era isso? Eram só ele e a mãe no mundo? A ideia cortou os pensamentos de Jurandir, mas os olhos começavam a pesar e, mesmo com tanta coisa maluca na cabeça, o sono ganhou a parada, antes que Juca pudesse raciocinar se essa informação ajudaria em alguma coisa na sua rivalidade com o menino.

6. CHURRASCO

— PAI, PELO AMOR DE DEUS... o Luís Gonzaga de novo! — reclamou Wando.

Meio-dia, o churrasco começava a animar. Seu Francisco pesava mais o sotaque nordestino e Wando, provocando o velho, ia mais e mais se mostrando paulistano e roqueiro...

Boa parte dos convidados espalhava-se pelos bancos da churrasqueira do Cecad, uma das vitórias do time de dona Matilde em anos anteriores. Cada bloco tinha a sua churrasqueira, e a do bloco C estava bem animada: uns dez amigos da Cris, outro tanto de vizinhos e colegas de trabalho do seu Francisco... Certa hora, Jurandir viu a mãe e a irmã contabilizando quem faltava, e chegaram à conclusão de que, fora duas amiguinhas de Cris, faltavam só Emerê e o filho dela.

Foi ouvir isso e Juca se preparou. Respirou fundo; agora faltava pouco... pensara muito durante a semana antes da Páscoa. Na conversa a ter com a mãe, a difícil explicação de por que desgostava do Cleiton... acabou sem dizer coisa alguma.

Mas estava tranquilo no churrasco: afinal, dona Emerenciana era convidada da mãe dele. Cleiton só vinha junto. Ia dar mesmo uma gelada no cara. Tinha preparado bem o Sortudo e o Chico, combinara com eles uma longa brincadeira a três, que espantaria o *negrinho* pra longe. Duvidava também que ele estivesse assim tão enturmado com os outros meninos, pelo menos não com os meninos que viriam ao churrasco da sua família. Bem, era como repetia para si: o Cleiton era convidado da mãe e da Cris. Elas que se virassem com o cara.

Eram quase duas da tarde quando Matilde soltou um aviso de alegria:

— Olha Emerê, Francisco! E tu dizendo que ela num vinha...

Dona Emerenciana seguia sozinha e apressada pelo caminho de cascalho que separava os prédios. Fez um gesto distante com o braço. Recebeu os cumprimentos alegres demais do seu Francisco, que perguntou:

— Cadê o menino, deixa conhecer teu garoto...

— Ele está no apartamento, seu Francisco, terminando de arrumar a mala... Não vou poder ficar não, Matilde, vim mesmo dar satisfação... tô saindo de viagem...

O que foi, quem é, que aconteceu, dona Emerenciana, vizinha... — ruído de muitas vozes e pessoas em torno de Emerenciana. Em princípio, tudo o que Juca entendeu era que seu rival não vinha, e isso era bom. Depois, foi ouvindo a história e não sabia muito o que pensar...

Um acidente. Logo cedo, Emerenciana recebera um telefonema da tia-avó, de Recife. Seu pai tinha sido atropelado. O velho, de 72 anos, estava entre a vida e a morte.

— Benza-te Deus, Emerê... que coisa triste — falou Matilde. — E você vai...

— Fui ver passagem. Fui ver... — Emerê mordeu os lábios, os olhos repentinamente vermelhos. — Quero estar lá amanhã cedinho, se Deus quiser. Em Recife.

— A senhora vai de avião, dona Emerenciana? — perguntou Chico.

— É o jeito, menino. Pra chegar logo... — Emerenciana esfregou um lenço nos olhos e Matilde se afastou com ela da churrasqueira e dos convidados.

Jurandir e Chico acompanharam as mulheres até o banco mais afastado. Juca pensou que a mãe ia dar-lhe um safanão e mandá-lo brincar — "num é assunto de criança" —, mas Matilde estava tão entretida com a vizinha que nem reparou neles.

— Desabafa, mulher. Desabafa, que faz bem...

Emerenciana apertou os lábios. Falou dobrando e desdobrando o lenço sobre a perna, como se aquele gesto fosse assim a coisa mais importante do mundo...

— A vida estava tão dura, Matilde... meu pai me ajudou tanto pra gente sair de Recife, eu fugir daquele... Me separar do marido... a gente perdeu tanta coisa. E agora tô aqui, dando mais de quarenta aulas por semana... a gente se arrumando, se ajeitando... e acontece isso! Só restou meu pai na minha vida. E ele tá morrendo...

Jurandir olhou sério para o Chico. E ficaram ouvindo.

— Vocês precisam do quê? De dinheiro? A gente num tem muito, Emerê, mas pode contar... — falou Matilde.

A mãe do Chico, Eulália, se aproximou, trazendo um copo de refrigerante para Emerê.

— Dinheiro não, Matilde, obrigada. Você tá sendo amiga boa demais, que é isso! Eu liguei pro aeroporto, vi passagem. É caro pra burro, mas dá pra pagar a prazo... e na escola... Tinha o telefone da coordenadora, já avisei. Dá pra ficar lá uma semana...

Emerê tomou um longo gole de guaraná. Matilde e a mãe do Chico trocaram olhares em silêncio. Afinal, Matilde falou:

— E teu filho? Como é que vai ser, ele fica sozinho nessa semana? Oxe, isso é que não, Emerê! Teu menino dorme lá em casa, fica com a gente...

Jurandir gelou. *Tá certo*, pensou. História triste. Muito ruim de acontecer, o avô do Cleiton morrendo, ruim mesmo e tal. Mas na *sua casa?* Como a mãe podia fazer isso, botar o inimigo dentro da casa? Sem perguntar nada pra ninguém? Como é que ele..., mas Juca não precisou conchavar-se com os irmãos numa rebelião contra a mãe. Emerenciana falou mais alto e com muita decisão:

— Obrigada mesmo, amiga, mas não precisa. Cleiton adora aquele avô; ele vai comigo.

— Pra Recife? Vocês dois? — perguntou Eulália, duplamente surpresa; afinal, passagem pra um já era cara...

— É — falou Emerenciana. Olhou para o rosto da mãe do Chico, resolveu explicar melhor: — Eu não vou pagar mais, não. Tem aí uma oferta... criança até 10 anos não paga, se viajar com os pais. Cleiton faz 11 mês que vem, já viu? Por um mês só ele pode vir comigo de graça... e vai ver o avô...

O churrasco terminou em um clima estranho. Mesmo quem não conhecia Emerenciana, ou a conhecia pouco, acabou envolvido com a pequena tragédia. Entenderam que ela não quisesse participar da festa; palpitaram sobre o destino do atropelado; discutiram os desígnios de Deus e a coincidente data pascal; fofocaram sobre a vida matrimonial complicada da mulher e, por fim, alguns funcionários do aeroporto analisaram seu trajeto até Recife.

A aeromoça Arlete conversava com Cris e explicou melhor o esquema de passagens:

— Um pouco de sorte, pelo menos... Este mês é de baixa estação, tem muita companhia fazendo promoção de voo.

— Se ela viajar de madrugada, fica mais barato — completou Salete, a colega de apartamento e de profissão de Arlete.

— A Emerê sabe disso? — disse Cris. — Vai falar com ela.

Novos conchavos, acertos e telefonemas. A passagem noturna era a mais barata mesmo. O irmão do Sortudo foi buscar a passagem na agência e, já que a vizinhança se dividia em favores, Wando prometeu carona para dona Emerê e o filho até o aeroporto.

O domingo havia acabado, já era madrugada de segunda-feira quando dona Emerenciana surgiu com o filho no pátio do Cecad. Cleiton pareceu surpreso de ver Jurandir, mas os meninos não tiveram jeito de conversar. Aliás, tudo foi rápido e silencioso: o modo como Wando abriu a porta de trás do carro para os vizinhos e regulou seus cintos de segurança, o jeito sério com que Juca sentou ao lado do motorista e nem sequer mexeu no rádio do carro, xodó de seu irmão.

Mas Matilde tinha sugerido que alguém da família acompanhasse Wando até o aeroporto, dizendo: "Voltar sozinho de madrugada é tão ruim!". Ela não pensava no caçula, mas em Francisco, ou mesmo em Cris, como companhia. Juca, porém, insistiu. Demoliu todos os argumentos: "Que hora ia dormir?". Ele não tinha sono, gostava de dormir tarde. "No dia seguinte tinha escola..." Dava pra faltar nas duas primeiras aulas da segunda-feira, pois estava indo bem naquelas matérias. "Um menino de 11 anos podia ajudar no quê?"

Foi o pai quem encerrou a dúvida:

— Deixa o menino ir, Matilde! É colega dele, de escola... o filho da Emerê deve de estar mal, precisa de um amigo.

Em nome da "amizade" de Jurandir e Cleiton, a mãe acabou cedendo. Juca acompanharia o irmão e pronto.

No estacionamento do aeroporto, muitos automóveis parados, mesmo de madrugada. Um silêncio estranho, a brisa forte que arrepiava, o pequeno grupo caminhava com as malas praticamente sozinho pelo estacionamento, como se só eles existissem, seguindo para o cinzento prédio do aeroporto. Quando as portas do aeroporto se abriram sozinhas diante deles, Cleiton se assustou. Depois riu.

— Nunca vim neste aeroporto — explicou Cleiton, olhando para o rosto de Juca pela primeira vez.

A resposta de Juca foi uma risadinha educada.

Wando buscou um carrinho de bagagem, ajeitou as malas. Depois o grupo seguiu pelo aeroporto, corredores e corredores vazios. No saguão, toparam com duas aeromoças altas e loiras, de uniforme azul-marinho e casacos compridos. Falavam numa língua estranha e eram tão bonitas...

Afinal, o grupo chegou ao balcão da companhia. Pesaram as malas, dona Emerenciana confirmou a reserva dos lugares.

— Quanto tempo... — reclamou Wando.

— A gente não tem pressa mesmo. Na UTI só pode entrar de manhã na hora de visita.

Wando e dona Emerenciana ficaram conversando sobre hospitais e o estado de saúde do pai de Emerê. O certo era que os meninos também conversassem, mas Jurandir se fechava num jeito sonado, distante. Ele e Cleiton, sentados lado a lado nos bancos de plástico, cada um com seus pensamentos.

Jurandir olhava ao redor: pessoas comuns, uniformes de companhias aéreas, esteiras rolantes de malas, televisores com propagandas, outdoors, placas indicativas de voos e horários, nomes de cidades para onde os aviões voavam: Fortaleza, Rio de Janeiro, Manaus, Porto Alegre, Brasília...

E tudo aquilo pareceu diferente aos olhos de Jurandir. Não familiar, como se estivesse vendo pela primeira vez o saguão do aeroporto... afinal, desde pequeno ia ver aviões levantarem voo, acompanhado do irmão ou do pai. Não adorava ficar na sacada, identificando um e outro aparelho, como Boeings, Fokker-100 e outros? Não adorava se imaginar parte daquele mundo, um dia, talvez, quando fosse piloto?

Naquela madrugada, era como se tivessem tirado as cores do seu mundo. Tudo o que ele via era filtrado por uma espécie de televisão em câmera lenta e silenciosa, alongando os gestos das pessoas e transformando-as em manequins vagarosos...

Foi desse jeito distante e enevoado que Jurandir viu dona Emerenciana e Cleiton entrarem na sala de embarque. E depois, por absoluta insistência dela, subiu até a varanda para vê-los embarcar. De cima, podia olhar mãe e filho de mãos dadas, seguindo até a aeronave, subindo a escada e afinal desaparecendo pela porta do avião.

— Agora a gente pode ir embora, né, Juca? — falou Wando, encolhendo-se na camisa de pano fino.

— Ainda não. Deixa eu ver levantar voo.

— Pô, são mais de duas horas! Amanhã eu trabalho, eu...

O rosto do menino estava tão sério... O vento empurrara sua franja sobre a testa, ele parecia um indiozinho sem olhos. Wando suspirou.

— Tá bom, vai. Eu te espero lá dentro...

Wando foi esquentar-se no saguão, Jurandir ficou sozinho na sacada. Além do menino, só havia um casal conversando a dez passos dele.

E se acontecer alguma coisa com o avião? E se num levantar voo?, pensou Jurandir.

Arrepio na nuca. Bobagem, era bobagem, pensamento nunca matou ninguém, vontade nunca fez ter acidente, ele não era de pensar maldade na vida, isso não ia acontecer, que é isso!

Mas... e se?

Olhos fixos no avião. Motores funcionando, o barulho aumentando... afinal, a nave se pôs em movimento, taxiando pela pista. Mais barulho, mais força no motor. O aeroplano ganhou velocidade, mais velocidade... as rodas saíram do chão, o aparelho subiu ao céu, num estrondo tão familiar aos ouvidos do menino que era como se fosse música...

E lá se foi o Boeing 737, para atingir a velocidade de 850 km/h, como sabia Jurandir.

7. OUTRAS NAVEGAÇÕES

NA TERCEIRA AULA DE SEGUNDA-FEIRA HAVIA PROVA de Inglês. Jurandir chegou em cima da hora, vinha com sono e irritado. Tinha ido dormir tão de madrugada que mal conseguira refletir sobre os acontecimentos: o acidente do avô de Cleiton, sua viagem de avião, o retorno do aeroporto no carro do Wando pelas vazias ruas de Guarulhos, tão desconhecidas por ele na madrugada...

Fez a prova sem problemas — e sem ânimo. Sabia mais inglês que a maioria dos colegas, e seu único rival não estava presente. Imaginava também que Cleiton, quando fizesse a prova substituta, não estaria na sua melhor forma. Não tinha graça caprichar muito se não tinha concorrência...

— Como é que foi de Inglês? — perguntou Marcão, na hora do intervalo. Continuou falando e nem esperou pela resposta: — Eu acho que fui bem. O Cleiton me deu um monte de dica... Ele num veio na escola, né?... Que saco! Quer dizer, o que aconteceu com o avô dele? O Chico já me contou... sabe quando ele volta?

— A mãe dele falou que ia ficar uma semana.

— Em Recife, né? Deve ser legal. Tem praia. Já imaginou, meu? A gente aqui se ferrando e o cara tomando sol?

— O avô dele foi atropelado, Marcão. Olha a besteira que você tá dizendo!

O próprio Jurandir se surpreendeu em dizer aquilo, como se defendesse o inimigo. Marcos riu, dividido entre fazer brincadeira, como sempre fazia, e assumir que o caso era para ser levado mais a sério. Acabou bobamente se explicando, soltando uns risos grunhidos.

— Sei lá, meu, hã... Tô brincando... Mas já imaginou? A gente aqui achando que ele tá na pior, hã! E dá que o cara pega praia? — O riso foi murchando. — Ruim pra caramba, né? O avô dele pode morrer, hã. Que coisa. O cara é legal, sabe? O Cleiton. Tomara que ele volte logo e o velho dele fique bonzão!

Marcão se afastou, andando de um jeito balançado que era metade pra dar um clima de malandragem e outro tanto porque as coxas eram grossas e se esfregavam, no jeans apertado. *Babaca*, pensou Juca. *Só fala bobagem...* mas sabia também que aquele era um jeito muito particular de mostrar amizade. Se Marcão não gostasse do Cleiton, nem tocaria no assunto.

No final da manhã, Jurandir mandou um recado para a mãe, por intermédio da Roberta, para ela explicar que ele ia ficar na escola à tarde, fazendo um trabalho.

Não havia trabalho algum. Na verdade, Juca queria ficar sozinho diante do computador. Nicolau autorizava alguns alunos a navegar fora do horário das aulas e um desses alunos era Jurandir.

O site da companhia aérea era minucioso. Surgiam fotos de aviões, histórico da companhia, roteiros de viagens... Recife ficava a cerca de 2 600 quilômetros de São Paulo. Descobriu Recife em um site de turismo, onde leu: "Dizem que o sol brilha mais em Recife do que em qualquer outro lugar e que suas praias são as mais apreciadas do Nordeste". Juca sorriu. Que papagaiada... *Vai ver o Cleiton está mesmo tomando sol, e não sentado numa sala de espera de hospital,* pensou.

Clicava em links de diversas companhias. Via mapas e rotas e aeronaves e nomes em inglês.

Na sua cabeça, mais intenso do que qualquer outra coisa que ele tentasse ver ou ler estava aquele mesmo pensamento: *Ele já voou e eu não; ele sabe como eu gosto de aviões e ele vai voltar aqui e vai tirar um sarro da minha cara.*

Afinal, Jurandir desistiu. Nem o computador apagava as ideias que andava tendo. Ideias ruins. E não deixou de sorrir de novo, era uma piada grosseira, mas o lado negro de Jurandir era um menino negro. Que tirava boas notas, roubava seus amigos e agora tinha voado de avião primeiro que ele...

Desligou o computador quase no mesmo instante em que Nicolau apareceu à porta do laboratório, com a turma da tarde.

— Só agora? — falou Chico.

Chico brincava de jogar bafo na portaria do Cecad com um colega eventual, Rogério. Pelo monte de figurinhas a seu lado, estava pelando o cara.

— Fiquei na escola, fiz um trabalho pro Nicolau — mentiu Juca.
— Deixa eu ir pra casa, tô com uma fome... só almocei bolacha.

Eram quase três da tarde. Pelo pátio entre os prédios, uma dúzia de meninos jogava bola, brincava de pique ou empinava pipa. Era a hora de lazer da maioria dos que estudavam de manhã.

— Pergunta se ele quer vir junto — falou Rogério, cutucando o Chico.

— Junto para onde? — falou Juca.

— Pro apartamento do Cleiton. Eu tô com a chave — Chico sorriu, rosto bem corado, chacoalhando um chaveiro dourado em direção do amigo.

— Onde você pegou isso? — perguntou Juca, segurando o chaveiro, sem pensar direito no que fazia. — A sua mãe deixou?

— Foi ela que me deu. Minha mãe, também... — Chico fez uma careta, suspirando. — Ela se ofereceu, pra dona Emerê, pra cuidar do apê dela. Só que tem os bichos... minha mãe morre de medo só de imaginar o lagarto. Imagine dar comida pra ele! Ela se pela de medo até com lagartixa!

— Sobrou pro Chico — completou o colega mais velho que eles, um garoto alto de 14 anos. — Adivinhe quem vai dar comidinha pra tartaruga... pra lagarto?...

Rogério apontou solenemente o Chico, que fez uma cara tão desconsolada como se fosse ele a comida, e não o seu fornecedor.

Não era tão engraçado assim, mas Jurandir riu. Melhor: deu uma *imensa* gargalhada. Tão alta e estridente que surpreendeu os amigos e depois os contagiou.

— Vai caçar rato? Dar lagartixa pra lagarto? — falou Juca, respirando fundo entre os risos.

Lembrou-se por um instante do seu plano, meses atrás, logo que conheceu Cleiton, de apertar a campainha com um vidro de insetos, soltá-los e... Começou a rir mais alto; lágrimas apareceram nos olhos. Um vidro de baratas... uma visita...

— Num precisa, pô! — falou Chico. — O Cleiton me explicou, tem fruta na geladeira, tem ração... é só o que eu vou dar. O lagarto dele que espere o dono voltar se quiser comer coisa especial.

— Ratinho à milanesa — gozou Rogério.

— Ratinho é pra cobra. Lagarto come ração de gato — explicou Chico, mas começando a achar graça na coisa.

— Ração de *gato* ou de lar*gato*? Um lagartão, é? Come é o *gato*, se bobear — gozou Juca. — Olha só, gente: se começar a sumir gatinho do Cecad, já sabem o que aconteceu, hein? Gatinho com ketchup deve ser uma delícia pra lagarto...

E os meninos riram, riram...

Mas acabaram não subindo ao apartamento, pelo menos naquela tarde. A mãe do Chico apareceu, pediu que o filho fosse até a mercearia, urgente, comprar fermento para uma encomenda. Dona Eulália trabalhava em casa, fazia salgadinhos para bares e padarias, e quando requisitava a ajuda do filho, tinha de ser "pra já". Rogério foi bater bafo com outros garotos e Jurandir resolveu que era mais que hora de almoçar.

8. A VISITA

A IDA AO APARTAMENTO DO CLEITON aconteceu dois dias depois, no mesmo dia em que ficaram sabendo da morte do avô do menino.

O telefone tocou bem cedo, a família ainda estava tomando café. Matilde fez um chiiiiu em voz alta, botou todos em silêncio. Falou segundos contados; sabia que o interurbano estava sendo pago de Recife e queria poupar o dinheiro da amiga...

— Sim, Emerê... que coisa! Deus te ajude. Foi melhor assim, fazer o quê?! Claro! Diz pra ele ficar sossegado. Volta sábado? Tudo bem. Até lá, então. Deus te guarde. Um abraço em Cleiton.

O diálogo de poucas palavras se transformou em explicação e divisão de tarefas. Matilde ficou de pé à cabeceira da mesa, encarando sua família:

— O pai da Emerê morreu. Deus o guarde. Ela... coitada! Tá mal, né? Ainda bem que não viu o safado, o marido num apareceu no hospital. Sabe como é? — suspirou, fez um gesto na direção do marido, desistiu do que ia dizer. Continuou nas ordens para os filhos:

— Wando, tu busca eles no aeroporto, tá bom? Sábado de manhã, a hora certa a gente descobre. Juca, o menino dela tá preocupado com os bichos. O Chico prometeu dar comida, mas ele quer certeza...

— O Chico me contou. Ele...
Mas a mãe interrompeu:
— Fala com Chico *depois*. E me copia a matéria de escola pra Cleiton. Tadinho. Tá com medo danado de perder o ano. Ajuda teu amigo, tá bom? Já é difícil perder um avô, benza-te Deus se reprova nos exames.

Depois das ordens, Matilde sentou à mesa, empunhando o bule de café. Seus olhos estavam muito brilhantes e por um instante Juca imaginou que a mãe ia chorar. Achou depois que era impressão: bobagem, a mãe chorar por um velho que nem conhecia, pai de uma amiga assim recente...

Antes de tomar café, Matilde juntou as mãos e comandou uma reza. Todos largaram o café pela metade e também abaixaram as cabeças. Depois do pai-nosso, ela falou:

— Senhor, recebe a alma do pai de Emerenciana. Dê paz e conforto pra ela e pro seu filho e nos ajude a encontrar as palavras certas para confortar a dor de nossos amigos. Amém.

Ele não é meu amigo, pensou Juca. E, num instante, pensou também se não seria pecado ter uma ideia assim, logo depois de uma reza.

— Onde é que estão os bichos? — perguntou Rogério.
— No quarto dele. Foi o que o Cleiton me disse — falou Chico, em voz baixa e tateando o interruptor de luz na parede.

Eram pouco mais de três da tarde, mas as cortinas cerradas deixavam o apartamento de Emerenciana bastante escuro. Juca, Chico e Rogério fecharam a porta atrás deles, ficaram olhando... talvez pela penumbra e outro tanto pela sensação esquisita da morte recente de alguém daquela família, eles falavam baixo e se mexiam devagar. Como se o defunto pudesse estar ali, e não a dois mil quilômetros, em outro estado. Eram invasores — ou se sentiam assim...

Juca afastou ideias de morte, pisou mais forte, tossiu. Andou um pouco pela sala arrumada. Comparada com a sala atulhada de sua família, com sofá rasgado e carpete manchado de tinta, aquela sala arrumadinha nem parecia ter o tamanho padrão dos apês do Cecad. Os tapetes eram bonitos, as cadeiras estofadas. A tevê era de um modelo bem maior e melhor que a sua.

Rogério pareceu adivinhar seus pensamentos. Soltou um assobio longo e completou, sorrindo:

— Que chique, hein? A dona Emerê deve ter grana...

— Minha mãe contou que ela já foi bem rica lá em Pernambuco. Que morava em lugar chique, o marido tinha grana — falou Chico. — Aí o marido aprontou... perderam tudo.

— Perderam tudo? — falou Rogério, uma ponta de ironia na voz. — E moram assim? Ah! Queria ver se fossem pra debaixo da ponte. Eram capazes de comprar um abajur novo só pra contar esmola à noite.

Juca sorriu de leve com a piada, imaginou o Cleiton embaixo da ponte... mas essa ideia era tão distante do que viam que nem tinha graça. Seguiram devagar até um quarto — cama de casal, perfumes na mesinha, tevê portátil. Não era o do Cleiton. Abriram a outra porta devagar...

Juca apertou os lábios para não soltar um palavrão. Sabia que Cleiton era filho único, devia ter mais coisas que ele, morar mais folgado do que sua família. Afinal, no seu apartamento havia quatro filhos em dois beliches. Só que ver o quartão do outro... Numa parede, a cama e a escrivaninha eram embutidas no armário. O som de um lado. Muitos livros e gibis bem empilhados em estantes suspensas. Na frente do computador, uma cadeira bem confortável. Dois terrários ocupavam a parede abaixo da janela.

Chico apontou o console de game:

— Até isso ele tem!

— Nunca contou isso pra gente — disse Juca, desconsolado.

— Esse Cleiton, então, não deve ser exibido — disse Rogério, rindo. — Se tudo isso fosse meu, eu botava a maior banca.

Rogério imitou a banca, cruzando os braços e colocando os polegares debaixo das axilas. Recebeu a ameaça de um tapa do Chico, deram risada. Juca olhava os terrários. Um era grande, mais de um metro de comprimento, tampa e lateral de vidro, contendo terra e vegetação.

E parece que esperando por eles... exibindo-se para eles, estava o lagarto. Sob a iluminação indireta, de uma lâmpada acesa num canto, era um bicho estranho: parecia um dinossauro gorducho ou um dragão imóvel, como se fosse empalhado.

— Será que isso tá vivo? — perguntou Rogério, batendo de leve no vidro.

Como resposta, o lagarto de patas curtinhas se mostrou bem ligeiro, escondendo-se sob a pedra. Só o seu rabo acinzentado ficou de fora, movendo-se.

— Ele não foi com a tua cara — brincou Chico.

— Sai pra lá, jacaré. Você é que parece lagarto, descascando desse jeito.

O sardento ficou vermelho, abriu a boca para rebater ou brigar, Jurandir tentou pôr ordem:

— Como é que se dá comida pra isso aí?

— O Cleiton me deixou um papel. Deixa eu ver.

Antes que Chico lesse o bilhete, Rogério começou a cutucar o outro vidro.

— Aqui é pras tartarugas?

No segundo terrário, três tartaruguinhas se moviam, andando de lado a outro, às vezes subindo uma sobre a outra, animadas. Tinham o tamanho de uma caixinha de fósforos, e seu tanque de água era maior do que o do lagarto.

— Essas sim foram com a minha cara — brincou o Chico. — E num vem dizer que eu sou enrugado feito tartaruga...

Rogério deixou passar a piada. Tinha levantado a tampa de vidro da gaiola do lagarto, virou a cabeça com nojo.

— Credo! Como esse bicho fede!

— O Cleiton me falou que cocô de lagarto é bem fedorento. Eu devia ter trocado a água; todo dia é pra trocar a água... lagarto faz cocô dentro da água limpa.

Viram umas merdinhas compridas boiando na água. O lagarto colocou a cara pra cima, exibiu a língua para os meninos. Uma alucinante língua azul, de um tom nem sequer imaginado por eles.

Rogério riu. Mais decidido, puxou a tampa de vidro para o lado.

— Será que morde? Eu posso pegar nele, Chico?

— Se tem coragem... — falou Chico, dando de ombros e só olhando, olhando.

Alguns segundos de hesitação. Afinal, Rogério meteu o braço dentro do terrário, segurou no meio do corpo do lagarto. Sua língua se moveu mais vezes, o rabo tentou alcançar o pulso do garoto.

— O danado é seco. Parece um couro, sei lá! Eu achava que esse bicho era gosmento...

Devagar, Rogério ergueu o lagarto, retirando-o da gaiola. Era um minijacaré, de dois palmos de comprimento. Rogério acabou segurando-o no colo, como se o bicharoco fosse um gatinho. E foi passando a mão por sua cabeça. O lagarto pareceu gostar, enfiou o focinho no sovaco do garoto, movia devagar o rabo...

Juca e Chico agacharam-se ao lado do terrário. Um papel impresso dava instruções:

> FRED é um lagarto-de-língua-azul ou blue-tongued skink macho (Tiliqua gigas). Tem 2 anos e 42 cm. Alimenta-se de frutas, verduras, filhotes de camundongo, grilos. Em cativeiro, come ração de gato ou de cão. É dócil. Vive bem em temperaturas entre 22 °C

e 28 ºC. IMPORTANTE: deixar a pedra aquecida SEMPRE ligada. Se a temperatura estiver abaixo de 22 ºC, o lagarto poderá ter pneumonia e morrer.

Na gaiola das tartaruguinhas, o papel dizia que elas se chamavam Margarida, Genoveva e Claudionora. As informações continuavam específicas e cuidadosas, com seu nome:

TARTARUGA-DO-MISSISSÍPI (*Pseydernys scripta elegans*); idade: três meses [...]

... e outros dados sobre seus hábitos.

— Parece coisa de zoológico — concluiu Chico, abrindo o vidro superior do terrário das tartaruguinhas e liberando um cheiro menos agressivo do que o do lagarto.

— Sempre quis ter cachorro, mas acho que vou mudar de ideia — falou Rogério, agradando o Fred mais vezes, antes de recolocá-lo no terrário.

Juca sentou na cama e definitivamente abandonou os amigos quando eles seguiram até a cozinha, para procurar a ração dos bichos na geladeira e trocar a água. Ficou apenas olhando, de lado a outro... da cama e dos armários de madeira aos terrários, à sua luz pálida, das cortinas aos livros...

É tudo tão bonito! Tão diferente do que eu tenho, do que eu poderia um dia ter... E num instante — no mesmo instante em que se odiou por isso —, Juca detestou a ideia de ter tantos irmãos. De ter de dividir tudo, sempre: móveis, quarto, sobremesa e atenção dos pais... Veio a sensação, a... consciência, de novo tão adulta e forte, de que, se quisesse alguma coisa sua, especial e diferente, só se fizesse como os irmãos... só se desse duro, se virasse, levasse aquele cotidiano de escola e trabalho, sabendo que nada cai do céu...

Uma imagem vaga, a lembrança de quando era mais novo, o eco de uma discussão, bateu em seus ouvidos... conversa entre o pai e o Wando, quando o irmão estava prestes a tirar carta e esbravejava contra a falta de grana e o fato de os amigos já terem carro e ele não... E veio o estrondo da voz do pai, sua voz alta e rouca, no forte sotaque nordestino, falando sério com Wando: "Deixa de ser invejoso, cabra... só tem coisa quem trabalha... nada cai do céu...".

— Ei, Juca! Olha só, olha! — Chico chamava, a voz vindo de longe, mais longe do que a frase de seu Francisco, em meio a pensamentos tão concentrados... — OLHA!

O grito arrancou Jurandir do devaneio, virou-se para o terrário. Chico segurava um teco de banana no ar e o lagarto ficava nas patas traseiras para alcançá-lo. O bicho comia com vontade, o rabão grosso movendo-se de lado a outro, como se mostrasse satisfação, feito um cachorrinho.

Rogério entrou no quarto, trazendo da cozinha as vasilhas limpas, um balde de água e potes de ração para tartaruga. Abriu o terrário e colocou um dos potinhos lá dentro. As tartaruguinhas se moveram depressa para cima da comida.

— O Cleiton deve mesmo gostar muito desses bichos, hein? — falou Chico, largando o lagarto para ver as tartarugas.

Por longos segundos, os garotos ficaram olhando os bichos comerem.

— Vou perguntar pro Cleiton onde eu compro um lagarto — disse Rogério. — Será que é caro?

— Eu vou pra casa — falou Juca, levantando-se devagar da cama.

— Tá tudo bem com você, Juca? — perguntou Chico, mas nem chegou a se afastar das gaiolas. — Olha, o lagarto vai fazer cocô na água! Você nem botou a água direito, Rogério, e ele já...

Entre se incomodar com a estranheza do amigo e investigar o cocô do lagarto, ganhou o lagarto. Chico ria, vendo a pressa com que Fred tinha ido ocupar o trono de água limpa. Rogério colocou a mão no terrário, passou dois dedos cautelosos na cabeça do bicho...

— Isso, menino!... Que cocozinho legal você fez, hein? Tá contente? — Virou-se pro Chico: — Que mais a gente tem de fazer, o que o Cleiton falou?

Juca desistiu deles. Saiu depressa do apartamento, queria fugir dali, fechar a porta atrás de si, sair logo, logo...

Foi um alívio se ver no corredor familiar dos prédios do Cecad, com a pintura descascando e o soalho meio gasto. Desceu os andares correndo e seguiu até o próprio edifício — o trajeto todo feito com o coração agitado, o gosto azedo na boca. Apertava os dentes dentro da boca, as gengivas estranhamente salgadas.

Matilde estava na cozinha, ouviu a pancada da porta da frente, chegou à sala a tempo de ver o caçula se enfiando no quarto:

— Menino! Que foi? Ajudou Chico, deu...

Ouviu o ruído da chave virando na porta do quarto, ainda pensou se era o caso de insistir em dar bronca naquele menino. Depois pensou que o filho tinha brigado com o Chico, bobagem de criança... Voltou ao seu trabalho, Jurandir que se acalmasse sozinho.

9. COBRAS E LAGARTOS

A SEXTA-FEIRA PROMETIA ser um dia diferente — e por tantos motivos!

Primeiro, o tempo esfriou. Quando as aulas do Zebedão começaram, o termômetro marcava 17 ºC e o rádio já dizia que a tendência era cair mais. Segundo, era dia de provas. A maioria da classe detestava dias assim, mas não Jurandir. Era bom ter de se concentrar na matéria e responder no espaço certo, caprichar na letra. Durante as provas, o pessoal também ficava um tanto diferente, e seus amigos não iam reparar se ele permanecesse mais calado ou mais sério.

E foi porque Jurandir andava mesmo diferente, calado e sério que ele descobriu o terceiro motivo daquela sexta-feira virar um dia especial.

A ideia surgiu durante o recreio. Chico conversava com Pedroca, contava para ele sobre a alimentação dos bichos de estimação do Cleiton. Na véspera, tinha retornado ao apartamento, dessa vez com Sortudo e outros meninos do Cecad. A novidade se espalhara no Zebedão também, e muitos queriam conhecer o Fred, a Margarida, a Genoveva e a Claudionora...

— Foi só trocar a água que o lagarto correu lá, meu! Pra fazer cocô na água — explicou Chico.

— E ele bebe a água depois? Que bicho nojento... — falou Pedroca.

— Não é nojento. Não é, não. É o jeito dele... o lagartão estava parado na pedra, quieto. Foi ele se encostar na caixa, e ficou todo alegrinho. O Rogério pegou na mão um tempão. A gente vai lá hoje de tarde. Por que você não vem?

Ali por perto, Jurandir tomava um refrigerante e ouvia a conversa. Imaginou Chico levando um bando de meninos até o apartamento, todos muito ouriçados com o lagarto. E se um deles... um deles mexesse em alguma coisa, fizesse alguma bobagem? Se um deles esbarrasse em alguma coisa dos terrários, será que ia assumir o que tinha feito? E se quebrassem algum aparelho ou mexessem no bicho de algum modo perigoso e se...

E se o lagarto-de-língua-azul morresse por causa de alguma bobagem dessas? O Cleiton ia ficar triste... Mas não poderia brigar com ninguém: afinal, seria coisa feita sem maldade, sem intenção... — lembrou-se num instante de um ditado do pai, "o inferno está cheio de boas intenções". E se?

Juca se aproximou. Perguntou ao Chico quantos colegas já estavam convidados pra ver o lagarto. Quando Chico ficou vermelho e olhou em volta, meio nervoso, teve certeza de que o menino estava com medo de alguma bronca da mãe. Sorriu. Juca deu um tapinha nos ombros do amigo e falou alto:

— Fica frio. Avisa o pessoal pra dizer que é trabalho de escola e ficar pela portaria. Se todo mundo subir pro seu apartamento, aí dá bandeira...

— Pô, meu! Minha mãe vai ficar uma fera! — reclamou Chico.

— É a casa da dona Emerê, ela é que é a responsável e...

— Que é isso, meu! Leva gente de confiança. E pede segredo, né? Não espalha... Olha, por que você não convida o Marcão?

— Marcão? — espantou-se Chico.

Pedroca gostou da ideia:

— É, lembra que a gente topou com ele, naquele dia, no Cecad? Ele num é amigo do Cleiton, estudou inglês com o Cleiton?

— Então ele já conhece o lagarto, nem precisa ir — falou Chico.

Jurandir não gostou muito da memória do outro; Marcão era um desastre ambulante, era quase cem por cento certo que ele esbarrasse em algo ou apertasse o lagarto.

— Acho que ele não subiu no apartamento do Cleiton, não — falou Pedroca. — Ele estudou inglês com o Cleiton, mas ficaram no pátio. Pelo menos o Marcão não disse nada do lagarto.

— Então! — ajudou Juca. — É a hora certa de convidar ele.

Lembraram-se de gente para convidar e um nome puxava outro, o grupo aumentava. Quantos mais fossem, melhor, pensava Juca. Seria difícil descobrir, entre muitos, qual deles por acaso teria feito uma bobeira e matado o lagarto.

Quase às duas da tarde Juca interfonou para o apartamento do Chico. Pediu mil desculpas e ajeitou uma bela mentira pra não o ajudar a alimentar os répteis.

— Você já fez isso sozinho, Chico. Não precisa de mim. Vai firme, vai dar supercerto...

Depois, Jurandir foi à janela da sala, dali podia ter uma ótima vista aérea da portaria. A mãe e Roberta tinham ido a um supermercado no centro de Guarulhos, passariam a tarde fora. A casa era dele. Sorriu ao reparar no grupo de oito, no pátio de entrada.

Era uma turma ótima se a intenção fosse começar uma guerra ou destruir algum bicho de estimação: tinha o Marcão, Pedroca, Peninha e o irmão caçula do Peninha, um monstro de 4 anos. Dois amigos de amigos, de outros anos: o Piu-Piu e o Marcelo, com duas das suas amigas, garotas mais velhas, que fumavam e eram bem baderneiras, a Silvia e a Márcia. Junto com Rogério e Chico, ia ser bem complicado botar aquele povo quieto, sentadinho na sala, só olhando...

Por um bom tempo Juca ficou pendurado na janela do apê. Viu Rogério chegar, pedindo um cigarro pra Márcia, sentando na mureta e esperando. Viu quando Chico surgiu apressado, chacoalhando a chave na mão e falando, gesticulando... Por um instante teve medo de que dona Eulália tivesse descoberto a visita e a proibido. Mas, quando a turma se dividiu em grupos de dois e três e seguiram para o bloco D, ele sorriu.

Um ruído forte no céu. Juca ergueu os olhos, ouvia o som, porém as nuvens baixas e escuras impediam-no de enxergar o avião. Poderia ser um Boeing; eles eram os mais comuns naquele horário. Um gosto amargo na boca; talvez até fosse bom mesmo Juca não enxergar o avião.

Nuvem/avião/viagem/apartamento/retorno... num jogo de ideia-puxa-ideia, Jurandir lembrou que no dia seguinte Cleiton estaria de volta. Bem cedo, dona Matilde já combinara com Wando de ele ir buscar Emerê e o filho no aeroporto. Antes, parecia muito ruim Jurandir ter de reencontrar o pretinho. Agora, se os meninos bagunçassem bastante... quem sabe Cleiton não teria uma bem-vinda surpresa na sua chegada, não era mesmo?

Jurandir sentiu o corpo arrepiado, encolheu-se dentro da blusa de lã. O rádio estava certo; a temperatura devia estar por volta de 13 ºC, e isso no meio da tarde... Lá pela madrugada, a quanto chegaria?

Entre idas e vindas do quarto à sala, Jurandir passou a tarde. Viu quando as meninas saíram do Cecad; foram as primeiras. Em seguida, Peninha e o irmão foram embora. Meia hora depois, o resto do grupo se despedia do Rogério e saía pela portaria. O Chico não apareceu no pátio. Estaria no apartamento do Cleiton arrumando a baderna? Talvez.

Foi meio surpreendente ouvir a campainha logo depois. Era cedo para a mãe retornar e o interfone não havia tocado...

Ficou surpreso ao ver o Chico na sua porta.

— Oi, cara! Tudo bem? Como foi com o lagarto? A turma já foi embora, o que...

— Pô, meu! Aquele pessoal é... — Chico completou a frase com meia dúzia de palavrões antes de se jogar no sofá da sala e pedir um copo d'água.

Aí contou da visita: as meninas resolveram fumar; e só depois que acenderam cigarros é que repararam que no apartamento não existia cinzeiro. Foi um tal de improvisar com pratinho... Aí todo mundo quis segurar no lagarto e parece que o Fred não foi muito com a cara do Peninha, mas o... — e o Chico soltou mais um monte de definições "gentis" a respeito do magrelo — queria-porque-queria segurar o bicho. E teve sapato sujo no tapete e teve gritaria e teve tartaruga que caiu no chão e...

Jurandir se divertia ouvindo... E foi uma enorme surpresa descobrir, depois, o motivo da visita do Chico: ele vinha lhe entregar a chave do apartamento do Cleiton.

— Minha mãe que lembrou, né?... O Wando não vai buscar a dona Emerê amanhã logo cedo? Então! Dá a chave pra ele. Aí a dona Emerê não tem de pegar a chave em casa.

Maravilha.

— Pode deixar, Chico. Eu entrego sim, pode deixar.

10. VISITA NOTURNA

ÀS DEZ DA NOITE, O JORNAL DA TEVÊ ANUNCIAVA que em São Paulo fazia 9 °C. Uma temperatura terrível para um lagarto. Ainda mais se alguém desligasse a pedra aquecida do seu terrário e deixasse uma nesga de janela aberta, a que ficava bem acima da sua casinha...

Depois da novela, Jurandir pediu para jogar videogame no apê do Sortudo. Os irmãos mais velhos estavam fora; Roberta e a mãe visitavam uma vizinha; o pai, que bebia umas e outras com os amigos, concordou. Às sextas-feiras era fácil alguém andar pelo Cecad sem ser notado: era dia de visitas, de reunir amigos, de passear e voltar mais tarde...

Sortudo morava no bloco A, bem perto do prédio do Cleiton. Havia mesmo a porta de emergência, que praticamente juntava os prédios num canto pouco movimentado do conjunto. Jurandir jogou videogame com o amigo, conversaram sobre concursos e novos planos de enviar mil cartas para novas promoções. Ouviram música, deixaram o tempo passar...

Devia ser tarde — mais do que o normal para o Juca voltar pra casa —, quando o garoto se despediu dos pais de Sortudo e saiu. Desceu dois andares pela escada comum; no primeiro andar, abriu a porta de emergência e escapou por ali.

As escadas de emergência eram mais estreitas e sujas. A iluminação vinha frouxa, apenas das lâmpadas externas. Os olhos de Jurandir logo se acostumaram com a penumbra e isso era bom: não poderia acender a luz no apartamento do Cleiton — e se alguém reparasse nisso? Assim de noite ninguém visitaria o apê, diferente do que acontecera à tarde, quando a casa de dona Emerê fora bem visitada por garotos bagunceiros...

Térreo. Era só caminhar pelo pequeno trecho do bloco A ao bloco D: uma corridinha ligeira.

Foi abrir a porta do bloco A e o vento fez Jurandir cerrar os olhos e apertar o casaco. Que frio! Que noite, aquela! Devia ser mesmo o primeiro dia de inverno em São Paulo. O céu, muito escuro, não deixava o menor sinal de lua ou de estrelas. O vento assobiava, gelando as orelhas do menino.

Mais meia dúzia de passos, abriu a porta do bloco D. Não estava trancada; foi fácil entrar. Agora, era subir no escuro os dois andares. Parou diante da porta do 232. Jurandir tilintou o chaveiro no bolso, tirou-o para fora. "232", escrito numa cartolina pendendo da corrente. A porta diante de si. O coração aos pulos.

Ninguém por perto, ninguém o vira, ninguém imaginava o que pretendia fazer. As portas todas cerradas, os apartamentos silenciosos... só no fim do corredor, o apartamento 210 mostrava a luz azulada de tevê escapando por baixo da porta. Nos vizinhos mais próximos, escuridão. Era gente que nem estava em casa...

Jurandir olhava para a fechadura e para o chaveiro em sua mão. A porta lhe pareceu maior — tão para adultos... não para um garoto sozinho de 11 anos. Experimentou a chave; a porta abriu facilmente. Olhou de relance lá para dentro: o apartamento todo arrumadinho; o barulho distante de um motor ligado continuamente lá no quarto do Cleiton (o aparelho que aquecia a pedra que, por sua vez, aquecia o lagarto, numa madrugada que certamente chegaria a 4 °C ou 5 °C).

Era só Jurandir entrar, seguir devagar até o quarto do Cleiton, desligar o aquecedor, abrir um pouco a janela. E deixar o vento frio ocupar o espaço.

Tão pouca coisa a fazer. E ele estava tão perto de fazer isso, tão perto...

O estacionamento do aeroporto estava vazio, bem mais vazio do que no dia do embarque. Nenhum carro, pessoa — *nada*, no imenso descampado. O vento era muito mais forte. Zumbia nas orelhas. A luminosidade do dia vinha prateada, enevoada. Um lusco-fusco das quatro ou cinco horas da manhã, mas sem o menor sinal do sol ou do amanhecer.

Jurandir estava sozinho, caminhando. Ouvia o eco de seus passos, espalhando o som até muito longe. Quanto mais andava, mais parecia que o edifício escuro do aeroporto ficava distante. Era um prédio de luzes totalmente apagadas, uma sólida rocha de prédio, escura e assustadora... luzes. *Por que não havia luzes?*, pensou Juca, com um aperto no coração. E as pessoas, e os carros... e os aviões? Onde estavam os aviões?

Jurandir parou exatamente no meio do pátio vazio do estacionamento, ergueu os olhos. Em meio àquela névoa densa do céu, enxergou um ponto luminoso. Uma luz como de farol de carro, a luz de milha que combate o nevoeiro... ela estava entre nuvens, no meio do céu; lentamente, a luz mudou de direção, descia. Começou a se aproximar e crescer, vindo direto para o lugar onde estava Jurandir, em pé, parado...

De repente, saindo do meio das nuvens, sem o menor sinal ou som, veio a aeronave. Jurandir pôde identificar a proa do Boeing ainda quando ele estava no céu. Era grande, mas não tão imenso como deveria ser na realidade. Era grande como... um *caminhão?* Sim, um caminhão. E suas luzes também se assemelhavam às de um automóvel, como se houvesse um par de imensos faróis amarelos na dianteira do avião.

E *sons*... dessa vez, Jurandir reparou que havia sons... mais altos, mais intensos. O avião rugia. Era uma fera, seus gritos esticavam-se em agudos e o barulho doía nas orelhas de Jurandir.

O menino estava imóvel. O medo o fazia grudar os pés no chão. O avião se aproximava, ainda dentro da névoa, rugindo mais e mais... Jurandir abriu a boca, mas sua voz não saiu, sufocada pelo som mais intenso da fera de metal em que o avião se havia transformado. E como uma fera, que no último momento desviasse o bote, o avião embicou para o chão, em manobra radical, segundos antes de atropelar Jurandir. Furiosamente, o avião se verticalizou e desceu direto para a terra...

Jurandir gritou no momento em que a nave se espatifou no solo. Dessa vez, pôde ouvir o próprio grito de pânico. O Boeing arrebentou como uma bolha de sabão, uma fruta que cai de andar alto, soltando sementes que lhe pareceram cabeças humanas, em meio à luz de mil fogos de artifício e um vermelho vivo que só podia ser sangue...

Fogo. Fogo alto, labaredas, vermelho e amarelo estourando de todo lado e se espalhando na pista. *Ninguém escapa de um acidente desses*, pensou Jurandir. E ele nada podia fazer, a não ser olhar... olhar a figura que devagar se arrastava entre as ferragens incendiadas. Era um vulto que se movia feito um lagarto. Movia-se em quatro patas, lerdo. Tinha cauda? Assim pareceu, num instante. Depois, o vulto foi-se aprumando. A custo, enxergando mal, o imóvel Jurandir viu aquele ser sair do meio das chamas. *Ergueu-se.* E aí já apresentava um contorno humano.

Contorno humano; mas ainda não era gente. Aquele ser que se movia devagar parecia um pouco com o androide do filme com o Schwarzenegger que Jurandir volta e meia revia. Em passos de androide, o esqueleto metálico saía do fogo e vinha na sua direção...

Só que Juca enxergou melhor... não era o androide! Era um menino. Um monstro-menino, fumegante e de olhos arregalados, que se arrastava feito o monstro do *Frankenstein*. Ele abriu a boca de um jeito exagerado, inumano, e de lá de dentro saíram raios luminosos. Estendia os braços retos pra frente, na direção do Jurandir:

— Por que você fez isso comigo, Juca? Por quê?

O monstro era Cleiton. Que ardia e fumegava feito pneu queimado. E se aproximava. E falava soltando raios.

Gritos. Dois, três gritos altos. A falta de ar, o arrepio profundo erguendo todos os pelos do corpo, o medo...

— Benza-te Deus, filho! Que que aconteceu?

Jurandir estava no seu quarto, no alto do beliche. O rosto da mãe ao lado, suas mãos puxando-o para baixo. Jurandir deixou-se carregar pela mãe, sentia o corpo mole e testa, nuca, mãos e braços cobertos de um suor fedorento, gelado. O pesadelo ainda nas retinas, o pavor deixando-o mudo. O que ele tinha feito? O lagarto... o fogo... o avião de Cleiton. E se ele?... "Pensamento não faz ter acidente", "Vontade nunca matou ninguém", frases que rondavam as ideias do menino, mas... e se? E se alguém fizesse alguma coisa e se um acidente acontecesse e...

Jurandir começou a chorar. A chorar tão alto e desconsolado, agarrado ao colo da mãe, que acabou acordando Wando. O rapaz levantou e foi buscar um copo d'água na cozinha, ajudando a mãe a acalmar o caçula, antes da hora certa de buscar dona Emerê no aeroporto.

11. INVERNO FORA DE HORA

— OXE! QUE DIA MAIS DESGRAÇADO pra se viajar de avião!

Matilde tinha razão. A manhã era muito escura e fria. Depois que o pesadelo de Jurandir botou a família em pé, lá pelas cinco horas, o jeito foi madrugar. Matilde abriu as janelas da casa; fechou-as novamente depois que o vento a impediu de arejar os cômodos. Ofereceu ovos mexidos e um bom café para o Wando, um mimo para o filho que cabeceava de sono.

Francisco logo se incorporou ao grupo. Roberta levantou para ir ao banheiro, mas acabou aceitando a sugestão paterna de voltar pra cama. Ela e Cris tinham direito a mais umas horas de sono...

— E você, menino? — perguntou Francisco, para um sonado Jurandir. — Por que não aproveita e volta pra cama?

Jurandir só moveu o rosto em negativa e continuou encolhido no sofá, debaixo de um grosso cobertor. Matilde fez um sinal ao marido, levou-o à cozinha e contou do pesadelo, da gritaria...

— O Juca vai comigo, mãe? — perguntou Wando, já trocado e segurando a chave do carro.

— Melhor não. Depois desse pesadelo, deixa ele aí. Tu volta logo, né?

— Sei lá. Com esse tempo... É sorte se tiver teto pro avião

descer. E se descer na hora, então, é milagre. — Wando bocejou, penteou o cabelo liso com os dedos, deu um beijo no rosto de Matilde. — Bença, mãe. Vou indo.

— Que dia... — repetiu Matilde, olhando pela janela da sala.

— Deus que proteja quem tá voando.

O chuvisco fino parecia gelar até os ossos. Jurandir ficou muito tempo vendo-o cair, escorrendo pelo vidro e criando pequenos desenhos esticados na janela. Sentia sono, olhos pesados. Era febre? O pesadelo também o fazia tremer; hora e outra lembrava do fogo, do rosto do Cleiton. A mãe ligou o rádio na cozinha, o noticiário revezava com música popular.

O menino prestava atenção. Se acontecesse alguma coisa, claro que a notícia ia dar no rádio. Ainda mais um acidente de avião, notícia grande...

As horas foram passando. Matilde e Francisco logo estavam enfrentando tarefas simples de sábado: roupa para passar, uma tomada ou panela para consertar. As meninas dormiam e Juca continuava enrolado no sofá, só ouvindo o rádio, atento mais que nunca.

Passou a hora do avião pousar. *Passou*, e nada do rádio dar notícias ruins. Outra meia hora; Cris levantou, ficou séculos no banheiro. Juca resolveu trocar-se: vestiu um casaco, botou um boné.

— Oxe, Wando já devia estar de volta — falou Matilde.

— Calma, mulher! Viagem assim atrasa — respondeu Francisco, sem tirar os olhos do cabo da panela.

Jurandir trouxe a chave, passou o chaveiro para a mãe.

— Que é isso, menino?

— É a chave da dona Emerê. O Chico disse que a mãe dele mandou entregar ontem. Eu esqueci.

Matilde segurou no chaveiro, olhou bem para as chaves, pensou se devia dizer alguma coisa... Afinal, enfiou o objeto no bolso do avental. O que o menino tinha? Jurandir parecia estranho. Vai ver era gripe.

— Eles chegaram — falou Jurandir, quando afinal ouviu ruído de carro estacionando e conferiu, pela janela, que era o carro do irmão.

— Tá vendo, mulher? — falou Francisco, sorridente. — E nem atrasou tanto.
— Vou descer pra receber Emerê — falou Matilde, tirando o avental. — Tu vem comigo? — perguntou ao marido.
Jurandir respondeu:
— Eu vou, mãe. Quero ir.

Os dois meninos ficaram a distância. Enquanto Matilde dizia palavras de consolo e dava um abraço apertado em Emerê. Enquanto Wando tirava malas e sacolas do bagageiro e o vento arrepiava todo mundo. Os meninos continuaram quietos.

Afinal, por insistência de Matilde, trocaram um aperto de mão rápido e distante. Wando disse que levava as malas sozinho até o apartamento da vizinha, sem problema.

— Que é isso, Wando! — virou-se para o outro filho. — Vai lá, Juca. Ajuda a levar as malas. Eu e Emerê vamos lá pra casa, ela vem tomar café — falou para a amiga. — Deixa que a molecada se vira.

A chave passou de Matilde para Wando. E ele, mais Juca e Cleiton, subiram os dois andares até o apartamento, carregados com a bagagem.

Mal entraram no apartamento, Wando descarregou as malas, aliviado. Cleiton também deixou tudo na sala, correu para seu quarto.

Foi tudo muito rápido. Wando estava à porta dizendo "vou pra casa, você vem também, Juca?", quando ouviram a voz do Cleiton:

— Meu lagarto!

Jurandir estava pálido. E sério. Falou logo para o irmão:
— Eu fico com o Cleiton.

Wando deu de ombros, fechou a porta do apartamento atrás de si.

Estavam sozinhos. Só Cleiton e Jurandir no apartamento.

Devagar, Jurandir andou até o quarto cuja porta estava semiaberta. Via a claridade da janela, as coisas arrumadinhas no quarto do outro...

— Posso entrar? — bateu de leve na porta.

Cleiton havia empurrado a tampa de vidro do terrário, segurava o Fred no colo. O lagarto movia o rabão devagar, dava lambidas azuladas no rosto do garoto, que ria alto, ria...

— Ainda bem que aumentaram o termostato — falou Cleiton.

— Tava com medo, um frio desses... o Fred tá até quentinho, põe a mão, olha!

Juca se aproximou, encostou os dedos no couro do lagarto, seco e morno.

— Esqueci de dizer pro Chico. Também... quem ia imaginar um frio desses! — Cleiton puxou uma cadeira, sentou-se. Alisava a cabeça do lagarto, pousado no colo. — Em Recife é verão sempre. Aqui em São Paulo é que dá essa mudança... um dia tá quente, de repente esfria tanto...

Jurandir continuava de pé, no meio do quarto. Olhava o menino como se o visse pela primeira vez. E, pela primeira vez, talvez estivesse vendo *mesmo* o outro: sem rancor. Sem medo, sem concorrência...

Cleiton levantou o lagarto até perto do rosto. Falava com o bicho mantendo olhos nos olhos, falava depressa:

— Eu tava com saudade, Fred, eu tava com saudade! Que medo que acontecesse alguma coisa com você... eu ia ficar maluco, eu...

Cleiton parou de mexer no lagarto, mordeu os lábios, continuou falando, mas dessa vez a voz tremia um pouco:

— Eu já perdi meu avô. Eu já perdi o velho e eu gostava dele. Eu... — Cleiton fungou. — Fred, eu senti sua falta. Tô sentindo falta de Recife. Das primas. Do meu pai, sabe. — Cleiton continuava olhando o lagarto, só o lagarto. — Ele tem outra mulher, tem filho com a outra mulher. Não foi no velório, não foi no enterro. Mas... diacho! Eu num consigo parar de gostar dele...

Jurandir sentia um zumbido nos ouvidos e o barulho não vinha do termostato, que na véspera ele havia calibrado para aquecer mais. Também não vinha dos soluços contidos do menino negro. Era uma sensação de que dentro dele, em sua cabeça, as ideias se arrumavam de um jeito tão forte que causavam o incômodo, o zumbido... *Por que eu tenho inveja dele, afinal? Ele andou de avião, ele tem um lagarto, ele tem computador. Ele não tem pai, não tem avô, não tem mais Recife...*

Era uma troca? Jurandir propunha, para si mesmo, um jogo de compensar as coisas, o que o outro tinha de coisas boas pelas suas coisas ruins? Foi uma ideia tão repentina, tão misturada ao cansaço e *surpreendente*, que ele nem pôde conferi-la direito...

Depois de suspirar e tossir e disfarçar o soluço, Cleiton não aguentou mais. O choro saiu alto, desapertando o peito. O lagarto parecia surpreso, sua língua azul esfregando-se no azul-negro do braço do menino.

— Eu nunca mais... nunca mais vou ver meu avô — falou Cleiton. Uma lágrima brilhava na ponta do seu nariz. — Eu gostava do velho.

Jurandir sentou na beirada da cama. Jogou-se sobre a cama, com força. Não queria ouvir o cara chorar. Não queria participar daquilo. Mas era também um ímã: ver a entrega com que Cleiton chorava, sem fazer gesto pra conter as lágrimas ou segurar os soluços. Uma lágrima pesada começou a se formar no canto do olho de Jurandir, o nariz ardia...

Era a sensação de "se ele *tivesse feito aquilo*". Se ele tivesse sido mau a ponto de desligar o termostato e o lagarto morresse, o outro não iria culpá-lo. Nem bater nele, nem xingar ou acusar. Ia só ficar chorando, surpreso de imaginar que existe alguém com um sentimento tão terrível dentro de si.

Vazio por dentro, sem saber se devia sentir piedade pelo menino que odiara tanto, mas também aliviado por se descobrir menos mau do que poderia ter sido, Jurandir ouvia. Apenas ouvia.

— Minha mãe tá gostando daqui. Ela fez amiga. Na escola, ela... ela vai bem. Eu é que... sei lá. Se eu falo o que acho, falo das cobras, do lagarto... Tem gente que me acha metido. Se eu fico quieto, não tenho amigo. Eu... Não sei se gosto daqui.

Finalmente Cleiton percebeu que as lágrimas molhavam seu rosto. E quase levou um susto ao ouvir o fungado de choro de Jurandir; como se fizesse eco às suas próprias lágrimas...

Devagar, ainda com o lagarto no colo, Cleiton foi até uma gaveta, alcançou a caixa de lenços de papel, assoou o nariz e estendeu-a para o vizinho. Silêncio.

Se um chorava pela perda do avô, pelo reencontro com o lagarto, o outro chorava por si. Pelo quanto poderia ter sido mau, e não tinha sido.

— Eu queria um amigo — falou Cleiton, voltando a sentar.

E olhou bem para Jurandir. Talvez pela primeira vez naquela manhã, os meninos estavam se olhando nos olhos. O menino moreno, de cabelos lisos e escorridos de índio, olhos amendoados. E o negro, rosto lustroso pelas lágrimas, cabelo pixaim curto, nariz largo. Os dois sérios. Muito calados.

Aceitar uma amizade é tarefa difícil. Ainda mais pra quem tem 11 anos e sabe que dar a palavra é compromisso para a vida inteira.

Jurandir falou devagar. Como se cada palavra tivesse peso e precisasse ser medida, dosada, contida:

— Você ainda vai ter amigos aqui, Cleiton. Muitos amigos.

Os dois se olhando...

Jurandir levantou. Estendeu os braços na direção do Cleiton:

— Posso segurar o lagarto?

— Claro.

Juca pegou o lagarto-de-língua-azul. Era pesadinho, o jacaré em miniatura. Tinha pensado em matá-lo, se desligasse o aquecedor e deixasse a janela aberta. Tinha odiado os bichos de estimação e odiado o dono dos bichos naqueles meses. Mas agora... nem um nem outro merecia sua inveja.

Talvez ainda merecessem sua compreensão e, quem sabe, seu companheirismo.

— Ei! Ele tá lambendo a minha mão — riu Jurandir.

— Ele adora fazer isso — Cleiton sorriu.

Logo, os dois riam e riam, aliviando coisas sérias e doloridas pelo riso... coisas que tinham a ver com descobertas, com virar gente, crescer. Enfrentar perda e morte. Compreender.

Quando Jurandir fez 11 anos, descobriu duas coisas: a paixão pelo que queria ser na vida — os aviões, o seu futuro. E o sentimento da inveja, que talvez pudesse ser transformado em compreensão e amizade...

OS SONHOS DE MARCIA KUPSTAS

Nas páginas a seguir, você encontra informações sobre a autora, além de uma entrevista especial.

VIDA FEITA DE HISTÓRIAS

"O que você quer ser quando crescer?"

Toda criança, de hoje ou de ontem, já ouviu essa pergunta um milhão de vezes. Marcia Kupstas sempre soube a resposta. "Meu pai contava que, aos 5 anos de idade, quando eu ainda não sabia ler ou escrever, sentava no colo dele e ditava histórias. E ai dele se depois lesse alguma coisa diferente do que eu havia dito."

A memória da infância revela a vocação da autora que, hoje, integra o time de grandes nomes da literatura infantojuvenil brasileira. Mas o sucesso não veio sem esforço. Quando ainda cursava Letras na Universidade de São Paulo, buscou oportunidades para mostrar seu talento, chegando a publicar contos em diversas revistas. Percebeu que a carreira era mais do que imaginava. "Foi deslumbrante descobrir que o que eu faria de graça pudesse virar profissão."

Essa empolgação a motivou a escrever seu primeiro livro, *Crescer é perigoso*, estruturado em forma de diário de adolescente. O sucesso de público foi tremendo, e logo veio o reconhecimento da crítica: em 1988, levou o prêmio Revelação Mercedes-Benz de Literatura Juvenil.

A partir desse dia, recebeu convites de diversas editoras para transformar outros sonhos em livros. Desde então, publicou mais de cem obras e ganhou diversos prêmios, um currículo que faria brilhar os olhos da pequenina Marcia, que tanto sonhou em um dia fazer parte do mundo das histórias.

SOL, PRAIA E MUITAS LETRAS

Nascida em 1957, Marcia descobriu o gosto pela leitura na infância, incentivada pela mãe, Elisabeth. Nessa época, conheceu a obra de diversos autores, dentre eles Monteiro Lobato, cuja coleção de obras infantis guarda até hoje.

Na faculdade, Marcia participou do grêmio acadêmico e publicou em jornais alternativos. Logo voltou à sala de aula, dessa vez como professora de redação. Aproveitou a oportunidade para disseminar seu amor pela leitura.

Marcia aos 4 anos.

Aos 14 anos, na cerimônia de formatura do ginásio (que corresponde atualmente ao ensino fundamental 2).

"Acho que o bom de lecionar é isso, dividir a sua paixão pelas histórias para despertá-la nos outros", comenta.

Nessa época, mostrava seus escritos para todo mundo que pudesse lhe dar sugestões e oportunidades. Dentre essas pessoas estava o jornalista José Edward Janczukowicz, com quem se casou e teve dois filhos, Igor e Carla.

Foi ainda como professora que Marcia teve a ideia para sua primeira novela juvenil. Observando seus estudantes, criou a história do tímido Gustavo, o descendente de japoneses que começa um diário para contar suas frustrações, seus amores... A narrativa intimista e franca de *Crescer é perigoso* conquistou o público adolescente, que se identificou com a obra: "Muitas das dúvidas do protagonista certamente fazem eco no coração de milhares de leitores", a autora afirma.

Apaixonada pelos jovens e pela profissão, Marcia não parou mais de escrever, e os diversos títulos que publicou depois seguiram o mesmo caminho bem-sucedido do primeiro — o livro *Eles não são anjos como eu* ganhou o segundo lugar do prêmio Jabuti em 2005.

Ainda realizou outro sonho de sua infância: morar na praia. Hoje ela vive com o segundo marido, Paulo, em Ubatuba, cidade do litoral norte do estado de São Paulo.

Atualmente, Marcia aproveita os dias quentes e tranquilos para curtir a praia e ler. Também trabalha bastante: escreve e revisa seus livros, e ministra palestras e oficinas em feiras de livros pelo Brasil.

Agora que você conhece um pouco mais sobre a vida e a obra de Marcia Kupstas, confira nas próximas páginas uma entrevista especial sobre *O primeiro dia de inverno*.

MARCIA FALA SOBRE *O PRIMEIRO DIA DE INVERNO*

A primeira versão de *O primeiro dia de inverno* se passava em meados dos anos 1990, quando a internet ainda começava a fazer parte do cotidiano das pessoas. O que mudou de lá pra cá?

Antes, se quisesse pesquisar um assunto, tinha de revirar livros na biblioteca; para escrever ou copiar meus primeiros textos, usava máquina de escrever com papel carbono; se quisesse falar com o estrangeiro, tinha de ligar interurbano, que era caríssimo e demorado; se promovesse um evento e quisesse convidar os amigos, tinha de selar convite por convite e colocar no correio... Tudo muito lento, caro, ineficiente. Em menos de trinta anos mudou tudo! A internet nos informa sobre qualquer assunto em segundos; meu texto já fica na tela do computador e com correções, sua impressão a *laser* é impecável; meu filho está nos Estados Unidos e me envia, por celular, a foto dele diante da estátua da Liberdade em tempo real; converso com centenas de amigos através das redes sociais e os chamo para um evento pelo meu celular... Na minha adolescência era algo só imaginável em ficção científica. Porém faço uma ressalva: a tecnologia não muda a essência das relações humanas nem o talento nas atividades artísticas. Você pode ter um milhão de amigos e amargar a solidão dentro de si; não se vencem os problemas ou mudam os comportamentos senão através de muito autoconhecimento e análise. E o simples fato de qualquer pessoa poder divulgar seus textos, fotos ou desenhos não torna ninguém um escritor, poeta ou artista gráfico. Ocorre hoje uma confusão até maior no que se refere às relações pessoais e à produção artística. Acho que levará alguns anos até as pessoas entenderem que a massificação não é sinônimo de popularidade nem companheirismo, ou talento.

O protagonista é um garoto que desenvolve um sentimento de inveja e passa a maior parte da história planejando prejudicar outro. Como foi a decisão de criar um personagem principal que é um anti-herói, cheio de defeitos e preconceitos?

Quando escrevi a obra, tive a orientação de uma filósofa, que estimulava os escritores a destacar exatamente temas incômodos, que analisassem nossos piores instintos e atitudes. Meu ponto de partida era a temática da "inveja", mas eu não queria um enredo indicador apenas de uma discussão moral; aliás, acho que literatura nada tem a ver com "liçãozinha". Queria que o livro transcendesse a questão da inveja e cutucasse o protagonista na alma, nos seus motivos mais profundos. Por isso, acrescentei o menino negro na história, o que acirrava também o racismo de Jurandir.

"[...] acho que literatura nada tem a ver com "liçãozinha". Queria que o livro transcendesse a questão da inveja e cutucasse o protagonista na alma [...]"

Na narrativa, vemos que o protagonista se ampara no preconceito racial como muleta para justificar seu descontentamento com a própria vida e sua inveja pelo outro garoto. Você acha que esse comportamento é comum entre adolescentes ou mesmo entre adultos?

Sem dúvida! É uma sórdida constatação de nossa condição humana, mas diria que 90% dos casos explícitos de racismo têm boa dose de inveja também. Isso acontece no emprego, na escola, na política... Criticamos os diferentes de nós porque, muitas vezes, queríamos estar no seu lugar.

O tema do preconceito racial é recorrente em sua obra, abordado de diversas maneiras. É uma "cruzada pessoal" para você, como autora, cutucar essa ferida aberta e vergonhosa da nossa sociedade?

Sem dúvida é um tema que me incomoda. Muitos de meus textos abordam a discriminação dos diferentes: a gordinha humilhada pelas meninas esbeltas, o aluno cê-dê-efe que é ironizado por estudar demais, o garoto tímido perseguido pelos mais populares da classe... todos esses personagens estão elencados na minha obra. Acredito que minha "cruzada pessoal" é a de dar voz aos perseguidos, é mostrar "outras versões" sobre as relações humanas. Gosto da ideia de que meus livros fazem sucesso porque ecoam no leitor, retratando casos de exceção que não são tão excepcionais assim; infelizmente fazem parte do comportamento de amplas camadas da nossa sociedade.

Na história, vemos que a mãe de Cleiton precisou vir para o Sudeste com o filho para fugir da violência do marido. Como você enxerga a experiência semelhante de milhares de mulheres brasileiras que enfrentam esse tipo de problema?

A violência doméstica infelizmente não é um problema só brasileiro nem se concentra em um segmento econômico; é geral, faz parte da relação homem-mulher há séculos. As coisas mudaram um pouco a partir da década de 1960, com os movimentos feministas e a maior exposição na mídia desses "assuntos tabu". Mesmo assim, ainda é impressionante a quantidade de mulheres e crianças agredidas no próprio lar. Acho que minha personagem agiu certo, afastando-se do marido, já que as estatísticas provam que o agressor raramente muda o comportamento, por mais que prometa agir diferente.

A inveja de Jurandir tem a ver com classe social, com o condicionamento à estrutura da pobreza, que gera ressentimento? Ou a natureza de seu sentimento é de outra ordem?
É complicado generalizar, porque se cai na simplificação, "pobre é ressentido porque é pobre", "rico é arrogante porque é rico" e nada se modifica nas relações sociais porque elas são assim mesmo! Há pessoas generosas ou mesquinhas, solidárias ou egoístas em qualquer camada social. São valores e sentimentos mais ligados à educação e à própria moral do que ao extrato da conta bancária... Agora, acho complicado nomear Jurandir como "invejoso" e deixar de lado sua autodescoberta. O protagonista é precoce em descobrir a vocação e também em nomear um sentimento feio dentro de si. Diria que isso é extremamente promissor no caráter de Jurandir: milhares de pessoas passam por situações de inveja e sequer identificam o que estão sentindo. Há uma tênue diferença entre inveja e admiração. Algumas pessoas até que usam o termo "inveja saudável", e acredito que ela deixa de ser saudável quando constatamos esse incômodo em relação ao outro. Por isso devemos questionar a fundo nossos motivos: só se vencem os maus sentimentos encarando-os.

"[...] devemos questionar a fundo nossos motivos: só se vencem os maus sentimentos encarando-os de frente."

Você acredita que as pessoas podem aprender a conviver com as diferenças e o respeito mútuo pode ser construído?
Sou uma otimista desconfiada! Não acho que o homem é bom. Pelo menos, não aquele "ser humano" genérico, massificado, que age pelo instinto de sobrevivência e pelo egoísmo do mínimo esforço. A História é um exemplo triste da falta de critério e de consciência. Extinguimos espécies com a caça e a pesca desenfreada, prejudicamos o clima do planeta e as futuras gerações ainda "pagarão a nossa conta". Porém acredito em ações individuais que levam à mudança de mentalidade. Há 150 anos a escravidão era uma realidade, há oitenta anos o voto era restrito aos homens ricos, há trinta anos não havia, no Brasil, uma lei que protegesse as mulheres dos maridos agressores. Acredito que as relações humanas melhoram com a democracia e a discussão livre de ideias.

DESTAQUES DA OBRA DA AUTORA

Crescer é perigoso, 1986
A maldição do silêncio, 1987
O primeiro beijo, 1987
Revolução em mim, 1990
Um amigo no escuro, 1994
O primeiro dia de inverno, 1998
Eles não são anjos como eu, 2004
Coragem não tem cor, 2006
Evocação, 2012
Quem quer ficar, quem quer partir, 2016

Esta obra foi composta nas fontes
Quadraat e Base Twelve, sobre papel
Pólen Bold 90 g/m², para a Editora Ática.